영원한 저녁의 연인들

영원한 저녁의 연인들

서윤빈 장편소설

래빗홀
RABBIT H⊙LE

1

매운 오렌지 냄새가 방 안을 감돌았다. 나는 서하의 집에 누워 있었는데, 문득 가구들이 방의 조화를 깨고 있다는 생각이 들었다. 나는 눈을 감은 채 투룸 안의 물건들을 떠올려 보았다. 마루와 벽 하단의 밝은 편백나무 마감, 소파와 안락의자, 텔레비전, 창문 아래 침대, 높이가 마구잡이인 선반. 소파와 안락의자는 감색이었고, 벽 한쪽을 통째로 차지한 텔레비전은 자신의 어두운 무념무상을 위풍당당 드러냈다. 하얗고 풍성한 호텔용 침대만이 방의 마지막 미적 자존심을 지탱했으나, 그것도 무색하게 침대 머리맡에는 검은 바탕의 흰색 줄무늬가 들어간 조립식 선반과 사랑의 선인장들이 놓여 있었다. 사랑의 선인장들은 꽃을 징그럽게 움찔거렸다. 사랑하는 사람을 향해 고개를 돌린다는 그 유전자조작 식물은 어쩌면 서하가 보이지 않아 어리둥절한 건지도 몰랐다.

　서하는 미감이 좋은 사람이었다. 그녀는 디자인에 민감했고, 예술적인 기질도 다분했다. 그런데도 이런 미학적 참사가 벌어진 이유는 그녀가 가구를 필요에 따라 아무렇게나 사들여놓았기 때문이다. 그녀가 이 투룸으로 이사 온 것은 고작 3개월 전이었다. 아파트에 있던 가구들을 전부 팔아버리고 몸만 왔기에 두고두고 만족할 아름다움보다는 당장의 불편을 해결해야 했을 것이다. 그녀는 가구를 살 때 내게 조언을 구하기도 했다. 하지만 투룸은 이름과는 달리 한 명을 위한 공간이지 둘을 위한 공간이 아니다. 우리 사이에는 반투명한 미닫이문 같은 것이 있었고, 나는 굳이 그 문 너머까지 적극적으로 상상하려 하지는 않았다.

　괜히 미안했다.

　나는 몸을 모로 돌렸다. 눈을 뜨자 바닥에 있는 서하가 보였다. 서하는 두 팔을 가슴 위에 모으고 조용히 누워 있었다. 꼭 고대 이집트의 미라 같았다. 고대 이집트인들은 죽은 자가 언젠가 부활하리라고 믿었다. 그때를 위해 죽은 자는 심장을 제외한 모든 내장을 적출당하고 향기로운 방부제에 절여진다. 앞의 절차를 담당했던 사제와 노예들이 한참 뒤에 돌아와 딱딱하게 굳은 죽은 자를 아마포로 칭칭 싸매고 관에 넣는다. 관에는 죽은 자가 사후 세계에서 이루고 싶은 소망들을 미리 그려둔다. 관 뚜껑이 삐걱삐걱 미끄러지며 죽은 자와 그의 소망을 어둠 속에 가둔다. 미라 제작이 마무리되는 데는 70일이 걸린다. 미라가 만들어지는 동안 현생에 남은 사람들은 죽은 이를 그리며 그가 생전 소중히 여긴 물건들을 묘에 하나씩 집어넣는다.

— 춥진 않아?

나는 가만히 말을 걸어보았다. 서하는 대답하지 않았다. 그녀는 이미 깊은 잠에 빠져 있었다. 나는 한동안 그녀를 바라보다가 다시 바로 누웠다. 천장에는 2주 전에 재미 삼아 붙인 야광 스티커들이 빛나고 있었다. 용과 유니콘, 재즈댄스를 추는 사람과 스케이트보드, 회전목마와 불꽃놀이, 선인장과 별 따위가 모여 하나의 작고 이상한 세계를 이루었다. 이집트 사람들이 관 안에 그려 넣었다는 그림들은 야광이 아니었다. 과거와 미래의 차이는 소망이 얼마나 선명하게 빛나는지, 고작 그 정도에 불과한지도 모른다.

스티커들을 보고 있자니 아주 낡은 동심이 떠올랐다. 세계는 하나의 사막이고 오아시스로 통하는 비밀 문을 찾아낼 거라는 기대가, 내게도 있었을 것이다. 그러나 그 시절은 버디를 새기기 전이라서 내게 그런 기억이 남아 있는지 그렇지 않은지도 확실치 않다.

이 시대 사람들은 모두 버디를 머리에 새기고 산다. 특이점에 관한 이야기는 21세기가 시작된 직후부터 나왔지만, 인간과 기계를 통합하는 가장 거대한 장벽 중의 하나는 수술 과정이었다. 암만 슈퍼파워를 얻을 수 있다 한들 두개골을 열거나 콧속 깊숙이 꼬챙이를 쑤셔 넣어 뇌에 칩을 박는 방식은 쉬이 받아들여질 만한 것이 아니었다. 게다가 그 슈퍼파워라는 것도 세계의 영웅이 될 정도가 아니라 현실적인 범위 안에 있는 것이니 말이다. 이야기가 달라진 건 버디가 등장하면서부터였다. 버디는 두피에 새기는 전도성 문신이다. 멀리서 보면 두꺼운 선이나 도형처럼 보이지만, 자세히 들여다보면 복잡한 회로의 주름으로 이루어져 있다. 버디는 뇌와 실시간으로 상호작용하며 확장된 두뇌와 같은 역할을 한다. 일종의 증폭기이자 중계기인 셈인데, 사용자의 입장에서 보면 비서이자 몸을 직접 통제할 수 있는 소프트웨어라 할 수 있다.

육체에 대한 의식적인 통제 능력. 기억력과 연산 처리 능력의 비약적 향상. 머리 한 번 밀고 두피 좀 아픈 것쯤이야 그에 비하면 값싼 대가였다. 버디는 빠르게 퍼졌다. 가발 시장이 유례없는 특수로 폭발적인 성장을 할 정도로 말이다. 버디를 사용하는 인간과 그렇지 않은 인간의 차이는 '세기적'이었다. 버디를 쓰지 않는다는 것은 21세기에 이메일을 보내는 대신 매를 날리고, 자동차 대신 인력거를 타고, 사진을 찍는 대신 초상화를 그리는 것과 같았다. 하지만 버디가 불러온 가장 큰 변화는 인체의 성능보다는 내구성에 있었다.

인공장기에 관한 연구는 아주 오래되었다. 파라오의 묘지에서 발견되곤 하는 지팡이는 휜 다리를 교정하기 위한 것이었다. 빈혈을 겪는 사람에게 염소나 돼지의 피를 수혈하기도 했고, 팔이나 다리가 잘린 사람에게 죽은 자의 신체를 기웠다는 사례도 있다. 과거사가 늘 그랬듯 기록되지 않은 것이 기록된 것보다 수십 배는 더 많을 것이고 말이다. 하지만 기능적으로는 완벽한 기계 장기를 만들어낸 21세기에도 몇몇 관절과 뼈를 제외한 장기들은 인간의 몸에서 나온 것과 세포로 배양한 것을 쓰는 수밖에 없었는데, 이는 인체가 기계적 분업의 원리가 아니라 총체적 커뮤니케이션의 원리에 따라 작동하기 때문이었다.

모든 장기는 다른 장기들과 정보를 주고받고, 각각의 기능이 복잡하고 섬세하게 얽혀 균형을 맞춘다. 다른 이의 몸에서 왔든 배양되었든 어쨌든 세포가 만들어낸 장기는 마치 외국인처럼 시간이 지나면 이식된 신체에 융화되지만, 기계로 만든 장기는 몇 세기가 지나도 이해받지 못하는 외계인이나 마찬가지였다. 버디가 이룬 가장 중요한 성취는 모든 인간의 육체에 외계어 통역 기관을 설치했다는 것이었다. 버디의 등장으로 우리 시대의 인간은 장기를 하나씩 임플란트로 갈아끼우며 영원히 살 수 있게 되었고, 모든 것을 기억할 수 있게 되었다.

버디와 임플란트 장기가 일반화된 이후에 태어난 아이들은 만 3세 전후에 버디를 새긴다. 그들의 어린 시절 기억은 법정 증거로도 채택할 수 있을 만큼 아주 선명하다. 버디를 새기기 전의 기억이 있는 우리 같은 1세대들만 어렸을 때의 기억을 희미하고 어렴풋하게 간직한다. 우리의 죽음과 함께 세계에서도 잊힐, 오래된 필름 같은 기억들. 인류는 지난 한 세기 동안 그 전까지의 인류가 만든 것보다 더 많은 정보를 만들어냈다. 옛날 영화들이 몇몇 명작을 빼고는 대부분 잊혔듯, 우리의 기억 역시 선명히 빛나는 새로운 것들만 남고 모두 사라져버릴 것이다. 세계지도가 생겨난 이후로는 아무도 오아시스를 그리워하지 않듯이.

─ 12시 10분입니다.

모드(MOD)의 목소리가 머릿속에서 울려 퍼졌다. 높낮이 차가 별로 없는 사무적인 목소리였지만 은근한 핀잔이 깃들어 있었다. 내 잠재의식은 지금 이런 딴생각이나 할 때가 아니라고 판단한 모양이다. 늘 쉬고 싶어 하는 대뇌피질과 달리 소위 '원시 뇌'라고 불리는 영역은 도마뱀처럼 매시간 생존을 위해 최선을 다한다. 버디를 달지 않은 옛날 사람들은 막연한 불안에 시달렸다고 하는데, 이 시대에는 불안이 당신에게 직접 말을 건다. 한 정신과 의사의 말에 따르면 그 덕분에 전

세계의 우울증 환자 수가 유의미하게 감소했다고 한다. 나는 통계를 믿지 않는다.

— 애도는 인류의 보편적인 윤리라고.

나는 생각했다.

— 애도도 다 먹고살아야 할 수 있는 일입니다.

정곡을 찔리니 할 말이 없었다. 애초에 모드는 내 뇌의 일부나 마찬가지니 말싸움으로는 이길 재간이 없다. 논쟁에서 이기는 가장 쉬운 방법은 스피커를 직접 공격하는 것이다. 고대 아테네 철학자들도 애용했던 유서 깊고 치사한 전략.

— 그래봤자 누워서 침 뱉기입니다.

모드의 말은 늘 옳다. 나는 눈을 감고, 명상을 실행했다.

도시가 내려다보이는 넓은 사무실. 창밖은 언제나 화창한 대낮이다. 사무실에는 고급스러운 화이트 대리석 책상과 컴퓨터가 있고, 방의 나머지 공간은 카펫과 책장을 빼면 텅 비어 있다. 어릴 적에 본 어느 SF영화에서 악당이 쓰던 방을 모델로 구성한 명상 공간이었다.

나는 뒤로 완전히 젖혀지는 푹신한 의자에 누워 있었다. 나처럼 시각화된 형태로 명상하는 사람들은 명상 전후의 자세를 일치시켜놓지 않으면 멀미에 시달린다. 많은 노인이 애용하는 방법은 누워서만 명상하고 명상이 시작되는 위치를 침대로 하는 것이니, 나는 나름대로 기지를 발휘한 셈이다. 물론 가장 좋은 건 애초에 시각화되지 않은 뇌-언어 레벨에서 명상하는 것이다. 하지만 생후 3년 이내에 버디를 새기지 않은 사람이 그렇게 하려면 많은 훈련이 필요하고, 나는 그러지 않고도 100년 넘게 잘 살아왔다.

나는 천천히 의자를 끌어 올려 책상 앞에 바로 앉았다. 모드는 내 준비가 끝나자 자연스럽게 노크했다. 나는 들어오라고 외쳤다. 모드가 문을 열고 들어와 살짝 고개를 숙였다. 그녀는 내가 중학생 때 짝사랑했던 여자애가 자연스럽게 20대가 되면 이렇게 되겠다 싶은 외모를 가지고 있었다. 하얀 피부에 검은 생머리를 질끈 묶었다. 얼굴은 마냥 갸름하지만은 않고 웃을 때는 보조개가 팬다. 체구는 작지만 가늘고 긴 손가락이 그녀가 손에 쥔 모든 걸 악기처럼 보이게 만든다. 지금은 그 애의 이름도 기억나지 않고, 모드로 성욕을 해소하지도 않는다. 나는 필요에 따라 명상 공간을 조금씩 고쳤는데, 그녀를 고칠 이유가 여태 없었던 것뿐이다. 굳이 마음에 걸리는 걸 찾아봤자 이런 세팅을 명상이라고 부르는 걸 부처가 보면 뭐라고 생각할까 싶은, 딱 그 정도가 전부였다.

— 실례합니다. 바쁘지는 않으셨던 것 같지만.

모드가 내 앞에 섰다. 나는 고개를 한 번 끄덕였다. 보고해도 좋다는 뜻이었다. 모드는 일을 어떻게 처리했는지 말했다.

그녀는 습관에 따라 필요한 곳에 연락을 돌렸고, 매켄지와의 미팅을 잡아두었고, 정산표를 만들었다. 언제나 그렇듯 실수는 찾아볼 수 없었다. 버디는 사용자의 뇌에서 프로세싱 능력을 빌려오는 것이어서 버디가 실수하는 일은 어차피 나도 실수한다. 이 보고가 그냥 요식행위에 불과하다는 건, 나도 모드도 알고 있다. 그래도 내게는 이런 요식행위가 중요했다. 조금 더 살아 있는 느낌을 받는다고나 할까. 언젠가 심리 구성 검사에서 나는 선천적으로 외로움이 많다는 결과를 받은 적이 있는데, 어쩌면 그것 때문인지도 몰랐다. 아니면 그냥 늙어서 그렇거나.

— 그럼 복기 습관을 시작하겠습니다.

어차피 답은 정해져 있다는 듯, 모드는 내 의사도 묻지 않고 서류철을 모니터 뒤에 댔다. 모니터에 CCTV로 찍은 것 같은 화면이 나타났다. 침대에 누워 있는 내 모습이었다. 그 아래에는 다음과 같은 자막이 달려 있었다.

모든 것은 예정되어 있었지만, 어쨌든 오늘 일은 서하에게서 연락을 받으면서 시작되었다.

2

　고전적인 휴대전화는 여전히 필요하다. 발전할 만큼 발전한 근거리 무선통신과 달리 원거리 무선통신 기술은 여전히 개선의 여지가 많다. 한번 새긴 버디를 바꾸는 것에는 큰 위험성이 따르기에 버디에는 근거리 무선통신용 칩만 들어가고, 원거리 통신은 휴대전화의 중계를 거친다. 일종의 모듈화인 것이다. 발전하는 기술은 휴대전화를 바꾸는 걸로 따라잡을 수 있으니 기술 발전에 밀려 버디가 낙후되는 일이 발생하지 않도록 하기 위한. 물론 주변장치 없이 몸뚱이 하나만 가지고 살아가고 싶어 하는 개조주의자들도 있기는 하다. 그들은 마치 전신 문신이 '깡'의 상징이라고 믿던 옛 조폭처럼 버디에 원거리 무선통신용 칩을 불법으로 시술한 채 돌아다녔다. 나는 말하자면 개조주의자들의 반대편 끝에 있다. 나는 여전히 고전적인 방식인 휴대전화 통화를 선호한다. 머릿속에서 모드 이외의 다른 사람의 목소리가 울리는 게 적응되지도 않고 좀 소름 끼쳤다.

휴대전화가 울렸다. 서하는 내게 어디에 있느냐고 물었다. 그때 나는 막 잠에서 깨어난 참이었다. 짧은 경련이 일어 몸이 부르르 떨렸다. 오후 3시였다. 너무 늦지도 빠르지도 않은 시간. 나는 서하가 내게 연락하기 위해 몇 시간을 인내했을지 생각했다. 그녀는 한숨도 자지 못했을지도 몰랐다. 새벽부터 오전까지 좋아하는 영화를 틀어놓고 쉬지 않고 봤을 수도, 손톱을 물어뜯으며 계속 술만 마셨을 수도 있다. 혹은 둘 다 했거나. 인간은 불안할 때 평소에 가장 자주 하는 일을 반복하기 마련이다. 그것이 극복할 수도, 대처할 수도 없는 불안이라면 더더욱.

나는 막 출발했다고 대답했다. 그리고 잠깐 말을 멈추고 선반을 훑어보았다. 늦었을 때는 선물을 사라. 연인 관계에 관한 교과서가 있다면 적어도 두 번째 장에는 담길 내용이다. 선반에는 희귀한 물건들이 마구잡이로 쌓여 있었다. 골동품이나 생산 연도가 오래된 술, 또는 특별한 의미가 담긴 물건들. 그중 내 시선을 잡아끈 것은 담배였다. 선반에는 아직 뜯지 않은 담배가 한 갑 있었다. 이제는 거의 팔지 않는 옛날 스타일의 담배였다. '지민, 연인, 사망, 4년 전'이라는 문구가 담배 아래에 표시되었다. 습관에 따라 모드가 자동으로 표시해준 것이다. 나는 소리 죽여 셔츠를 입으며 가슴 포켓에 그 담배를 쑤셔 넣었다.

― 담배를 좀 구하느라고요.

― 담배쯤이야 어디서든 파는 거 아니야?

서하의 목소리가 부루퉁했다. 마치 토라진 연기를 하는 배우의 목소리를 듣는 것 같았다. 서운함을 숨기지 않고 드러내는, 화면 한가운데 세로줄이 들어간 흑백의 분할 화면. 왼쪽 여자의 밝은 화면과 오른쪽 남자의 어두운 화면이 이루는 강렬한 대비.

― 옛날 담배거든요. 독한 연기가 나는.

나는 옷 입는 소리가 수화부에 들어가지 않도록 조심조심 스웨터에 머리를 쑤셔 넣었다. 노이즈 캔슬링 기능은 언제나 켜두고 있지만, 조심하는 편이 마음이 편했다. 내가 담배를 찾기 위해 얼마나 많은 가게를 들렀는지 과장해서 떠벌리자, 서하의 목소리가 한층 부드러워졌다. 다행히 담배가 마음에 든 모양이었다. 서하는 흡연자는 아니었지만, 옛 할리우드 영화에 취미가 있었다. 20세기의 서양인들은 대화할 때면 늘 잔뜩 폼을 잡고 무언가를 마시거나 피워댔다. 그들에게는 버디가 없었을 테니 그렇게라도 하지 않으면 품위를 유지하기 어려웠을 것이다.

— 빨리 갈게요.

— 조심해. 죽지 말고.

— 농담도.

나는 전화를 끊고 서둘러 옷을 마저 입었다. 아마 실내에만 있을 테지만, 그래도 옷은 잘 입는 편이 좋다. 작은 성의가 큰 차이로 이어지는 법이다. 신이 디테일 안에 산다면 사랑의 신도 아마 그 안에 있을 테니.

서하는 아파트와 연립주택의 중간쯤 되는 형태의 공공 주거 단지에 살았다. 월세가 비싸지 않은데도 특유의 보안 시스템 덕분에 서하는 내가 차를 끌고 주차장에 들어왔을 때부터 내가 도착했다는 사실을 알았을 것이다. 초인종을 누르자 현관문이 조금 열리더니 하얗고 매끈한 손이 튀어나왔다. 무슨 장난인가 싶어 손을 잡으니 그 손이 나를 끌어당겨 자세를 낮추게 했다. 나는 허리를 반쯤 숙이고 문고리에 광대뼈를 댄 상태가 되었다. 이젠 손이 얼굴까지 닿았다. 서하는 내 목깃을 붙잡고, 나를 더 안쪽으로 끌어당겼다. 문틈으로 보니 그녀는 알몸이 비치는 슬립 가운을 입고 있었다. 나는 아이보리색 스웨터에 깔끔한 면바지를 입었는데, 그 탓에 마치 서하는 농염한 여인이고 나는 순진한 대학생이라도 된 것 같은 느낌이 들었다. 실제로 서하가 나보다 연상이기는 하지만 우리는 이미 순진이나 농염과 같은 단어를 쓰기에는 너무 오래 살았다. 그런 단어는 잘 봐줘야 여든까지나 쓰는 말이다. 여든한 살을 뜻하는 망구에서 유래한 단어가 할망구다.

그녀는 복도에는 아예 모습을 드러내 보일 수 없다는 듯 현관문을 최소한으로만 열었고, 나는 숨을 참고 비집고 들어가다가 왼쪽 무릎을 부딪혔다. 시야 왼쪽 아래에 붉은 메시지가 떴다. 3년 전, 스포츠를 좋아하던 여자와 연애하다가 생긴 습관이었다. 기본적으로 운동은 건강에 좋지만, 신체에 불필요한 손상이 쌓여서는 본말 전도다. 모든 신체 기관을 임플란트로 대체할 수 있는 건 아니라서 건강관리는 여전히, 아니 오히려 예전보다 더 중요하다. 메시지는 아픔이 대략 5분 정도 지속될 예정이라고 했다. 나는 신발을 벗으며 반사적으로 무릎을 문질렀다. 가벼운 정전기가 일었다. 먼저 가습기부터 켜야겠다고 생각했다.

— 운동 좀 해. 근육은 임플란트도 없어.

서하가 팔짱을 끼고 말했다. 서하의 금빛 파마머리가 자연스럽게 흔들렸다. 그녀는 나를 만나면서부터 매릴린 먼로처럼 머리를 물들였다. 그녀는 꽤 부유해서 나이에도 불구하고 여전히 30대처럼 탄력 있고 깨끗한 피부를 유지하고 있었다. 얼굴만 그런 게 아니라 온몸이 그랬다. 덕분에 나도 피부를 새로 하고 보형물을 넣느라 예상치 못한 지출을 했다. 많은 만남이 서로의 알몸을 처음 본 시점에서 빠그라지느니만큼 이는 어쩔 수 없는 투자였다.

— 이제 와서요?

나는 서하의 이마에 입을 맞추고 두 세기 전의 집사처럼 정성스럽게 담배를 꺼냈다. 목에 관을 삽입하고 있는 혐오스러운 그림 아래 후두암이라는 단어와 금연 상담 전화번호가 쓰여 있었다. 나는 반대편이 위로 오도록 손을 돌려 내밀었다. 서하는 담배를 받아 들더니 신기하다는 듯 앞뒤로 살폈다. 내 섬세한 배려는 의미가 없어져버렸다. 하지만 역할에 충실하게 사랑스러운 표정을 유지했다. 집사는 범죄와 같다. 늘 옆에 존재하지만 들켜서는 안 된다.

— 옛 담배가 남아 있을 거라고는 생각도 못 해봤네.

서하의 눈꼬리가 내려갔다. 모드는 습관적으로 표정에 투영되는 감정을 분석해 그녀의 얼굴 옆에 표시했다. 슬픔 60퍼센트, 중립 20퍼센트, 행복 20퍼센트. 그리움을 뜻하는 전형적인 지표였다. 내가 알기로 그녀가 성인이 되었을 때는 이미 '뉴 스모크'의 시대였다. 그녀는 겪어본 적도 없는 무언가를 그리워하고 있었다.

— 못 해본 것들보단 해본 것들에 집중하는 게 좋아요.

내가 말했다. 나는 서하에게 가볍게 키스했다. 더 분위기를 잡지는 않았다. 남은 시간은 반나절로 길지는 않지만, 괜히 서둘렀다가 분위기를 깰 필요는 없었다.

서하가 오래된 와인과 씨름하는 동안 내가 요리를 맡았다. 와인은 항상 내가 따거나 매장에서 따줬는데, 그녀가 한 번쯤은 자기도 100년 이상 된 렐릭와인을 따보고 싶다고 고집을 부린 탓이었다. 그녀는 어디서 구했는지 2000년산 파이퍼하이직을 가지고 있었다. 모드는 가격이 문제가 아니라 웬만해서는 구할 수도 없는 물건이라며 그녀의 수완을 칭찬해주면 좋겠다고 태그를 달아주었다. 나는 사실 돈이 아깝다는 생각밖에 들지 않았지만, 과장된 칭찬을 던지고 요리에 집중했다. 오늘을 망쳤다가는 와인 한 병값이 문제가 아니라 앞으로의 생활을 걱정해야만 했다. 모드가 내 눈앞에 이런저런 조언 메시지를 자꾸 띄워대는 건 통장 잔고가 모자란다는 뜻이다.

　서하의 집에는 내가 미리미리 가져다 놓은 식재료들이 많이 있었다. 그러나 그녀가 스파클링와인을 준비할 줄은 몰랐다. 파이퍼하이직은 감귤 아로마 향이 나는 술로 샐러드나 과일, 스시 같은 음식과 잘 어울린다고 모드가 브리핑했다. 나는 원래 계획했던 양고기스테이크와 당근 요리는 조금만 하고, 과일과 치즈, 샐러드 위주의 후식에 힘을 주었다. 매릴린 먼로가 저녁 식사로 양고기를 즐겨 먹었다고 해서 준비한 요리였는데, 서하가 마지막 날은 매릴린 먼로처럼 먹자고 하며 내심 생각한 건 술이었던 모양이다.

식탁을 차리는 데는 20분이면 충분했다. 내가 요리를 마치고 난 뒤에도 서하는 여전히 와인을 가지고 끙끙대고 있었다. 그녀는 오래된 와인을 딸 때 쓰는 쇠 집게를 가지고 와인병의 목을 긁고 있었다. 코르크를 건드리지 않고 병목을 떼어내야 하는데 힘이 모자라서 똑 떼어내지 못하는 것 같았다. 짜증이 나는지 이미 미라나 마찬가지인 코르크를 손톱으로 긁어대기도 했다. 저러다가 코르크가 부스러지기라도 하면 저 와인은 끝장이다. 나는 서하의 등 뒤로 가서 그녀의 어깨를 감쌌다.

— 〈사랑과 영혼〉 알죠?

서하가 살짝 고개를 끄덕였다. 나는 그녀의 손 위에 내 손을 올리고, 순간적으로 힘을 주어 와인병의 목을 떼어냈다. 아주 오래된 오렌지 향이 방 안을 아찔한 냄새로 가득 채웠다. 과연 음식 따위는 어찌 되든 상관없을 것 같았다.

서하는 취기가 오르더니 우리가 함께한 추억을 주워섬겼다. 비록 1년밖에 안 된 관계였지만 우리는 제법 많은 일을 함께했다. 그녀의 기억 속에서 우리의 데이트는 평범한 장소에 평생의 기억을 덧씌운 디졸브 필름 같은 것이 되어 있었다. 그녀의 언어로 재현되는 우리의 시간은 퍽 낭만적이었고, 아쉽다는 생각마저 들 정도였다. 서하는 마치 내가 자기 인생의 전부이기라도 하다는 듯 우리가 함께 갔던 장소들을 기억하냐고 물었다. 물론 나는 전부 기억하고 있었다. 버디를 쓰니까. 하지만 그렇게 말하지는 않았다. 나는 내 역할에 충실한 사람이다. 그녀에게 필요한 건 유언을 들어줄 집사이지, 대화를 나눌 사람이 아니다.

— 당신이 데려갔던 해변의 숲길을 기억해?

나는 기억했다.

— 거기에 있는 작은 오두막이 웨스턴 바일 거라고는 생각도 못 했어. 꼭 우리 둘만을 위한 비밀 아지트 같았지. 한쪽 벽에는 레코드가 가득했고, 벽에는 〈뜨거운 것이 좋아〉 포스터가 붙어 있었어. 당신, 그 아래서 내 손등에 키스해줬잖아. 그날은 정말 아름다웠어. 남은 시간 같은 건 신경도 쓰이지 않을 만큼.

그녀는 우리가 함께 갔던 장소들에 관하여 계속 이야기했다. 마치 내가 버디를 쓰지 않는 사람이기라도 한 것처럼. 내가 잊어버린 모든 추억을 상기시켜주려는 것처럼. 나는 미소를 짓거나 고개를 끄덕이는 방식으로 그녀가 마음껏 말하게 두었다. 금홍의 소설 《목을 베고 싶을 만큼 사랑해》의 주인공이 했던 말마따나 외로운 밤에는 누구나 집사가 필요하다.

그녀는 크루즈 여행을 기억했다. 우리가 거기에서 먹은 것들. 요리의 맛과 영화 〈타이타닉〉에서처럼 흔들리던 배에 관해 이야기했다. 흐린 날이어서 우리는 그날 별을 한 조각도 보지 못했다. 나는 불꽃놀이를 준비해 갔다. 그녀는 별보다 밝은 불빛을 보면서 눈물을 흘렸다. 별로 글자를 써준 사람은 정말로 내가 처음이라는 말이 꼭 낯 뜨겁게만 들리지는 않았다.

그녀는 비밀스러운 책방을 기억했다. 그곳에서는 편한 자리에 앉아 온종일 책을 읽을 수 있었다. 읽은 책은 모두 사야 한다는 규칙이 있는 곳이어서 거기서 나올 때 우리는 양손 가득 책을 들고 있었다. 우리는 그 책들을 모두 샤넬 넘버5 향수 안에 담갔다. 책 표지가 누렇게 물들고 종이가 서로 들러붙어 더 이상 읽을 수 없게 됐다. 피부에 뿌렸을 때와 달리 책을 향수에 절이자 죽은 사람 같은 냄새가 났다. 우리는 시간이 지나면 어떻게 되는지 보려고 책들을 궤짝에 담아 보관해두었다. 나중에 보니 책들은 미라처럼 말라비틀어져 있었지만, 옅게나마 향긋한 냄새를 풍겼다. 그녀는 그 황당한 결과를 보기 위한 기다림조차 즐거웠다고 말했다.

그녀는 온종일 차 안에 있었던 날을 기억했다. 우리는 땅의 끝에서 끝까지 차를 몰았다. 국도 구석구석에서 옥수수와 특이한 간식거리들을 먹었고, 피곤해지면 차 안에서 쉬었다. 그녀가 열다섯 살 이후로는 한 번도 먹어보지 못한 달콤한 휴게소 간식을 파는 곳이 딱 한 곳 남아 있었다.

— 정말 다신 없을 시간이었어.

그녀의 말은 그렇게 끝났다. 그녀는 울지 않았다. 평소에는 정말 눈물이 많던 사람인데 오늘만큼은 전혀 울지 않았다. 그녀는 영화 속 매릴린 먼로처럼 쾌활했다.

어느새 9시 반이었다. 나는 서하에게 키스했다. 우리는 자연스럽게 자리를 침대로 옮겼다. 그녀는 언제나 불을 껐지만, 오늘은 그러지 않았다. 그녀는 내 옷을 벗기고 부드럽게 애무했다. 그녀의 옷은 벗길 것도 없었다. 나는 몰래 명상을 실행했다. 임플란트 성기가 자연스럽게 부풀어 올랐다. 서하는 만족한 듯 웃으며 바로 누웠다. 나는 그녀의 머리를 쓰다듬으며 몸을 포갰다. 그녀의 따뜻한 배가 내 배에 닿았다. 평소와 똑같이, 우리는 천천히 움직였다.

우리가 침대에 나란히 누웠을 때는 10시 반이었다. 그녀는 관계 후엔 늘 나른해했지만 오늘만큼은 그러지 않았다. 서하는 내 왼쪽 어깨에 머리를 올리고 마치 아이처럼 웅크렸다. 서하의 몸이 엷게 떨렸다. 나는 그녀의 등을 토닥여주었다. 떨림은 잠깐 심해지다가 곧 다시 잦아들었다. 내 어깨는 젖지 않았다. 다만 조금 부드러워졌다. 우리는 옷을 입었다. 11시가 되었다. 서하는 내 손을 잡고 소파로 끌고 갔다. 하얀 침대 위에서는 쏟아지지 않던 눈물이 소파에 앉자 왈칵 역류하는 것 같았다. 서하는 내 셔츠에 얼굴을 몇 번이나 가져다 대고 눈을 비볐다. 눈물은 금방 식어 차가워졌다. 그녀가 얼굴을 들 때마다 지워진 화장이 눈에 띄었다. 그 화장품들은 마치 유언처럼 내 셔츠에 남을 것이다. 나는 화장품 자국은 잘 지워지지 않는다는 사실을 떠올렸다. 그녀가 말했다.

— 몇 시야?

나는 시계를 보았다. 명상으로 슬쩍 보지 않고 손목시계로 확인했다.

— 50분 남았어요.

나는 그녀의 머리를 쓰다듬었다. 머리카락이 너풀거리며 향긋한 냄새를 풍겼다. 그녀는 120살이라고는 믿을 수 없을 만큼 건강했다.

— 무서워요?

내가 물었다. 그녀는 고개를 저었다.

— 아쉬워.

— 정말로요? 비명 질러도 못 들은 척해줄게요.

그녀가 웃었다. 그녀가 울었다. 영화는 끝났다. 하얀 천 밖에서 매릴린 먼로는 발랄한 섹스 심벌이 아니었다.

— 보고 싶어.

그녀가 말한다. 나는 그녀가 잘 볼 수 있도록 그녀의 볼을 잡고 눈을 맞추었다. 나는 살짝 웃었으며 그녀의 눈물을 닦아주었다. 그녀는 서로의 각막이 닿기를 원하기라도 하는 듯 머리를 맞대왔다. 그녀의 이마는 울음의 여파로 뜨거웠다. 그러나 사실 그 순간, 나는 두려워하고 있었다. 갑자기 후손이든 가족이든 누군가 그녀와 혈연관계인 사람이 이 집에 들이닥칠까 봐. 아니면 그녀와 마땅히 나눠야 할 이야기를 나누지 못하고 이 시간이 끝나버릴까 봐. 내 생각을 읽기라도 한 듯, 그녀는 갑자기 자식들에 관한 불평을 늘어놓았다. 나는 깜짝 놀라 비명을 지를 뻔했지만, 입술을 물고 참았다. 다행히 그녀의 불평은 길게 이어지지 않았다. 천장을 보며 구시렁거리던 그녀가 내 눈을 똑바로 바라보았다. 그녀의 손이 내 어깨에 얹혔다. 의지 100퍼센트.

　— 다 정리하니까 3억 정도 되더라.

　그녀는 지금까지의 감상적인 모습은 모두 연기에 불과했다는 듯 벌떡 일어나 화장대로 향했다. 서랍을 열자 거울이 달린 알록달록한 상자 하나가 나왔다. 그녀는 그 상자를 내게 내밀었다. 나는 받지 않으려는 척했다. 그녀는 억지로 상자를 내 품에 안겼다. 열어보니 안에는 현금 다발과 이런저런 권리 대장이 들어 있었다.

　— 당신은 더 살 수 있어. 이 집은 어쩔 수 없이 경매에 넘어가겠지만, 그럴 것 같아서 가장 저렴한 곳으로 이사 온 거니까.

　그녀는 부끄럽다는 듯 상자의 뚜껑을 닫았다. 그녀의 모든 재산이 그 상자 안에 들어 있었다. 그녀는 상자와 함께 내 손을 꽉 쥐었다. 마치 그렇게 하면 계약이 체결되기라도 하는 것처럼.

— 배신이라고 생각하지 말고, 다른 사람 찾아. 당신이 내게 해준 것처럼 마지막을 지켜줄 사람을.

나는 무슨 말이라도 하려는 양 입을 열었다. 그녀는 다른 한 손으로 내 입을 막았다. 사실 할 말은 딱히 없었다.

— 그냥 받아줘.

우리는 30분 동안 아무 말도 하지 않고 서로를 안았다. 그녀는 내 품에서 조용히 죽었다. 사인은 임플란트 구독 기간 만료로 인한 심정지였다. 이 시대에도 영생은 이론에 불과하다.

3

— 문제가 될 만한 건 없는 것 같네.

나는 모니터에서 고개를 들었다. 어두운 화면을 보다가 밝은 사무실이 눈에 들어오니 눈이 살짝 시렸다. 하지만 곧 적응되었다. 모드가 고개를 끄덕였다.

— 챙길 것들을 미리 챙겨두어야 정말로 끝이라고 생각하기는 합니다만.

모드는 감상에 잠기는 법 없이 도마뱀처럼 냉정했다. 내가 물었다.

— 얼마나 남았는데?

— 15분 남았습니다만, 오늘은 교통 사정이 좋아서 빠르면 10분 만에 도착할 수도 있습니다.

— 괜찮아. 챙길 게 많진 않으니까.

나는 의자를 다시 젖혀 누운 자세로 돌아간 후, 잠깐 몸이 적응하도록 두었다. 눈을 감고 명상을 끝냈다. 다시 눈을 떴을 때는 다시 서하의 하얀 침대 위였다. 나는 소파 위에 둔 상자를 챙겨 가방에 넣고, 그녀의 화장대에서 값비싼 장신구를 몇 개 더 챙겼다.

처리반은 모드의 예상대로 10분 만에 도착했다. 나는 그들에게 문을 열어주고 서하의 시신을 넘겼다. 그들은 페스트가 유행하던 시대의 왕진 의사처럼 검은 부리가 달린 마스크를 쓰고 있었다. 처리반 두 명 중 한 명이 내게 보상금이 담긴 현금카드를 내밀며 원활한 협조에 감사한다고 말했다. 나는 살짝 고개를 숙여 보였다. 그는 말이 많았고, 목소리가 높은 편이었다. 그는 유족 중에는 죽음을 받아들이지 못하고 문을 열지 않거나 119를 불렀는데 왜 의사가 아니라 사체 처리반이 오느냐고 항의해대는 사람들도 많다며 넋두리를 늘어놓았다. 고독사하는 경우가 최악인데, 그때는 문을 열어줄 사람도 없어서 좀도둑처럼 문을 따야 한다고 했다. 나는 아무 말도 하지 않았다. 가능한 한 무던하고 무색무취한 인간으로 남고 싶었다.

말이 사체 처리반이지 그들이 직접 사체를 처리하는 건 아니다. 그들은 보디백을 들고 와서 죽은 이를 담아 옮길 뿐이다. 그들이 하는 일은 오히려 유족에게 앞으로 무슨 일을 처리해야 하는지 알려주는 것에 가깝다. 그들은 내가 서하의 가족이 아니라는 걸 확인한 뒤, 다음 날이 되면 이 집의 소유권은 은행에 넘어가 경매 절차에 들어가게 될 터이니 집을 비우라고만 말했다. 또한 죽은 이의 집에서 아무것도 함부로 가지고 나가면 안 된다고 협박했다. 나는 아무것도 묻지 않고 고개를 끄덕였다. 그들의 방식은 언제나 똑같으니까 사실 들을 필요도 없었다.

그들이 일을 끝마치는 데는 10분도 걸리지 않았다. 한 명이 내게 위의 사항들을 설명하는 동안 다른 한 명은 X 자로 딱딱하게 굳어버린 서하의 두 팔이 교차하는 부분을 잡고 마치 짐짝처럼 들어 올려 보디백에 넣었다. 그리고 방을 한번 쓱 둘러본 뒤 보디백을 들고 나갔다.

나는 그들이 나간 후 20분 정도 쉬다가 밖으로 나갔다. 공공 주거 단지는 아무 일도 없었다는 듯 생활 소음으로 가득했다. 양편으로 현관이 네 개씩 달린 복도에는 초인종이 여덟 개가 있었다. 꼭 벌레를 위한 관처럼 보였다. 의료 기술이 뛰어나지 않던 시절에는 죽은 줄 알고 묻은 사람이 살아 있을 때를 대비해서 관 안에 종을 넣어주기도 했다고 한다. 그 이야기를 알게 되었을 때 나는 지진으로 흔들리는 공동묘지를 상상했다. 종소리가 갈라진 지면을 타고 멀리멀리 퍼져나갔을 것이다.

지하 주차장으로 내려가니 아이들 몇 명이 소리를 지르며 뛰어놀고 있었다.

— 귀신이다!

— 또 누가 죽었나 봐.

— 잡아!

아이들은 주차장 진입로 한가운데까지 달려가 우뚝 섰다. 처음엔 나를 보고 하는 소리인 줄 알았으나 가만히 보니 그들에게만 보이는 무언가가 있는 모양이었다. 나는 포켓몬스터 이후로는 버디를 가지고 하는 게임을 해본 적이 없어서 잘 모르지만, 요즘에는 상당히 으스스한 게임이 유행하는 것 같았다.

— 죽어라, 마녀!

— 머리 말고 심장을 노려야지 바보야!

난이도가 제법 있는 게임인지 아이들은 1분 넘게 같은 자리에서 소리쳐댔다. 나는 불안해지기 시작했다. 아이들은 차가 다니는 길에 서 있었다. 고장 난 것인지 싸구려 제품을 쓰는 건지 경사로를 밝히는 조명은 그다지 밝지 않은 오렌지 빛이었다. 달이 밝은 밤이기는 했지만, 고작 달빛만으로는 문명의 속도를 멈출 수 없다. 만약 고장 난 트럭이 들이닥치기라도 하면……. 하필이면 아이들이 몸을 숙이고 있는 순간 과속 차량이 진입하기라도 하면……. 나는 뭔가 외치고 싶었지만 입안에 오렌지 껍질이 가득 찬 듯 목이 막히고 말이 나오지 않았다. 내가 위험하다고 한다고 아이들이 들을까? 오히려 반항하는 건 아닐까? 그렇다고 겁을 줬다가 괜한 도전 의식을 불러일으키는 건 아닐까? 저 아이들은 몇 살쯤 되었을까? 아이들은 나이에 따라 적당한 소통 방식이 다르다…….

— 조용히 하지 못해!

다행히 곧 경비가 달려와 아이들을 경사로에서 몰아냈다. 아이들은 말을 듣기는커녕 더 시끄럽게 소리를 질러대면서 차도만 골라 밟으며 도망쳤다. 경비는 한숨을 길게 내쉬더니 방향을 바꿔 내게 다가왔다.

— 대리 부르셨죠?

투잡 혹은 그 이상을 뛰는 사람인 것 같았다. 얼굴이 자글자글한 전형적인 옛 노인의 모습이었다. 주름이 죽음의 증거가 되는 건 이 시대에도 크게 다르지 않다. 돈이 있으면 보통은 피부를 새로 하니까. 경비는 내가 몇 살인지 궁금해했고, 조금 전에 처리반을 보았다고 떠들어댔다. 나는 나이를 거짓으로 말했다. 솔직히 말했으면 그는 내가 무슨 일을 하는 사람인지 캐내려고 계속 말을 붙였을 것이다. 나는 이 단지에서 혹시 아이가 교통사고를 당한 적이 있는지 물으려다가 피곤이 몰려와 그냥 입을 다물었다.

내게 사랑받는 재주가 있다는 걸 알려준 사람은 매켄지였다. 매켄지는 고급스러운 라이브 재즈 바, '컨설턴트'의 주인이었으나 그게 그의 전부는 아니다. 매켄지는 라이브 재즈 바뿐만 아니라 놀이공원, 지방 곳곳 명소의 유명한 카페, 이런저런 문화 공간, 패션 편집숍 따위의 사장이기도 했다. 그는 심지어 영화관과 해변도 하나씩 가지고 있었다. 그리고 그는 기어이 그것들을 모두 황혼 커플을 위한 데이트 명소로 키워냈다. 매켄지가 워낙 가게를 많이 가지고 있기에 누구나 살면서 한 번쯤은 그의 가게를 이용할 일이 생긴다. 단지 그 사실을 알지 못하고 지나갈 뿐이다. 나 역시 그날 매켄지가 말을 걸지 않았더라면 몰랐을 것이다. 그날 나는 혼란스러웠고, 슬펐으며, 그냥 아무 데서나 울고 싶었다.

나는 스탠드 테이블 한쪽 구석을 차지하고 앉아 칵테일을 홀짝거렸다. 눈물이 흐르면 그냥 흐르는 대로 두었다. 크게 소리 내 엉엉 울거나 크게 코를 푸는 짓은 하지 않았다. 나는 마치 얼음이 녹듯이 울었다. 그러고 있으려니까 여자 하나가 다가와 술을 사 주었다. 그녀는 내게 무슨 일이냐고 물었다. 내가 말했다.

— 아내가 떠났습니다.

— 어머, 삼가 고인의 명복을 빕니다.

— 살아 있습니다.

— 어머, 그럼 그냥 복을 빕니다.

그녀는 머리가 좀 이상한 사람인 것 같았는데, 나는 내쫓을 힘도 없어서 그냥 술값인 셈 치고 말을 받아주었다. 그녀는 이혼한 거냐고 물었다. 나는 그런 것 같지는 않다고 대답했다. 그녀는 그럼 아내가 바람이 난 거냐고 물었다. 나는 그런 것 같지는 않다고 대답했다. 그녀는 아내와 크게 다퉜냐고 물었다. 나는 그런 것 같지는 않다고 대답했다. 그녀는 아내가 왜 떠난 건지 알기는 하냐고 물었다. 자기가 멋대로 말을 걸기 시작했으면서 어째선지 조금 화가 난 것 같았다. 나는 아내가 왜 떠난 건지는 알았다. 분명 아이 때문이었을 것이다. 하지만 말을 하려고 입을 벌리자 누군가 목구멍에 오렌지를 통째로 쑤셔 넣은 것처럼 목이 막혔다. 컥컥. 내 대답은 그렇게 들렸을 것이다. 그녀는 내 등을 몇 번 두드려주더니 자기 이야기를 늘어놓았다. 그 이야기를 한마디로 요약하자면 '기구한 인생'쯤 될 것 같았다. 그녀의 이야기를 듣고 있으니 숨이 조금씩 쉬어졌다. 그녀가 다시 내게 무슨 일이 있었는지 물었다. 컥컥. 그녀는 이번에는 등을 두드려주지 않고 자리를 떠났다.

손수건을 쥐여준 여자도 있었다. 등을 팡팡 때리는 남자도 있었다. 담배를 권하는 남자도 있었다. 내 어깨를 쓰다듬은 여자도 있었다. 눈물을 닦아준 여자도 있었다. 그러나 두 번의 킥킥을 견뎌주는 사람은 없었다.

그날 마지막으로 내게 말을 건 사람이 매켄지였다.

― 우는 모습이 예쁘군.

중후한 남자 목소리였다. 고개를 들어보니 입가의 주름이 인상적인 중년 남자가 보였다. 그는 아주 칼같이, 단정하게 차려입었고, 허리가 꼿꼿했다. 신사나 집사라는 말이 자연히 떠오르는 인상이었다. 나와 눈이 마주치자 매켄지가 계속 말했다.

― 하지만 좋은 대화 상대는 아니군. 자네, 자기 얘기는 거의 못 하는 타입이지?

나는 갑자기 훈계를 시작하는 그에게 짜증이 나면서도 내심 그가 뭐 하는 인간인지 궁금했다. 나는 그가 모종의 전문가나 스카우터일지도 모른다고 생각했다. 나는 수입을 거의 아내에게 의존하고 있었기 때문에 당장 살길이 막막했다. 아내는 나를 떠났지만, 이혼한 것은 아니었다. 당연히 재산 분할이나 위자료 같은 것도 없었다. 언젠가 받아낼 수 있다고 하더라도 아마 그건 내가 죽은 후가 될 것이었다. 내게는 곧 오를 심장 임플란트 구독료를 감당할 돈이 없었다.

― 가애라는 직업에 관해 아나?

내가 대답하지 않자 그는 그럴 줄 알았다는 듯 설명을 늘어놓았다. 그의 말에 따르면 그 가애라는 일은 3단계로 요약

될 수 있었다.

1단계, 수명이 얼마 안 남은 사람을 유혹해 연인이 된다.

2단계, 중개인(매켄지 본인)이 운영하는 가게에서 데이트해 많은 돈을 쓰게 만든다.

3단계, 그 사람이 죽으면 유산을 받는다.

— 그거 로맨스 스캠 아닌가요?

내가 물었다. 매켄지는 웃음을 터뜨렸다.

— 다르지. 로맨스 스캠은 마음이 녹아내리지 않은 사람이나 하는 일이야. 가애는 말하자면 훌륭한 영화감독이나 셰프와 같지.

나는 그의 뜬금없는 비유를 이해하지 못했다. 업계의 모든 종사자에게 '훌륭한'이라는 말을 붙일 수 있는 직업은 범죄자밖에 없다. 충분히 훌륭하지 못한 이들은 모두 감옥에 있을 테니까. 내가 그런 생각을 하는 걸 아는지 모르는지 그는 계속 설명했다.

— 둘의 공통점은 끝맺음을 잘한다는 거야. 가애도 마찬가지지. 가애가 하는 일은 외롭게 죽을 사람의 마지막을 아름답게 장식하는 일이야.

그는 스스로의 설명에 만족한 듯 고개를 주억거렸다. 나는 잘 이해하지 못했지만, 어쨌든 그가 나와 함께 일하고 싶어 한다는 사실만큼은 확실히 알 수 있었다. 언제나 이해보다는 생존이 먼저인 법이다. 당장 돈을 벌 구석을 만들어놓지 않으면 내 심장은 올가을이나 내년 가을이 시작되는 날 멈출 것이었다. 내가 말했다.

— 돈은 좀 되는 일입니까?

— 목숨 부지하기에는 더할 나위 없는 일이지.

매켄지가 씩 웃었다. 내가 그 칼 같은 미소를 10년 넘게 보게 될 거라는 걸, 그때는 알지 못했다.

나는 집으로 돌아가 오전 내내 자고 오후 3시쯤 컨설턴트에 갔다. 다른 재즈 바들이 으레 그렇듯 그곳의 공식적인 영업시간은 오후 6시부터지만, 으레 그렇듯 관계자는 손님이 없을 때도 드나들 수 있기 마련이다. 매켄지는 내가 올 걸 미리 알고 있었다는 듯 아이리시위스키 두 잔을 따라놓고 있었다. 그에게는 비즈니스가 만족스러울수록 좋은 술을 대접한다는 규칙이 있었다. 부시밀스 30년. 모드는 태그로 해당 위스키가 1000만 원을 호가하는 고급품이라는 사실을 알렸다. 지난번보다 가격이 올랐다. 어제 마신 게 최고급 샴페인만 아니었다면 두 눈이 휘둥그레질 만한 술이었다. 이런 게 머리가 커진다는 말의 의미일지도 몰랐다.

컨설턴트는 어둡고 조용했다. 영업 준비조차 시작하지 않은 시간인 듯했다. 종업원 역시 아무도 출근해 있지 않았고,

매켄지 혼자서만 스탠드 테이블 뒤에서 라임을 다듬고 있을 뿐이었다. 나는 매켄지 앞에 앉아 테이블을 가볍게 두 번 두드렸다. 모드가 내 사무실에 나타나는 것만큼이나 요식행위지만, 그 역시 요식행위를 중시하는 옛날 사람 중 하나였다. 평범한 바텐더에 불과하다는 듯 무심하게 라임을 자르던 매켄지는 그 소리를 듣고서야 고개를 돌려 나를 바라보았다. 기분을 가늠할 수 없는 고요한 미소가 그의 표정에 어려 있었다. 어마어마한 부자일 텐데도 그는 중후해 보이기 위해 일부러 나이 든 남자의 모습을 유지했다. 그의 양 입가에 칼집 같은 주름이 잡혔다.

─ 정산하러 왔어.

나는 서하가 남긴 상자를 스탠드 테이블에 올렸다. 매켄지는 상자를 집어 올리더니 그 안에 든 것이 마치 연애편지라도 되는 것처럼 찬찬히 읽었다. 그는 중간중간 눈물을 보이기도 했다. 물론 실제로는 눈물이 아니라 액체형 확대경쯤 되겠지만, 매켄지는 자기가 어떤 제품을 사용하는지 절대 말해주지 않았다. 매켄지는 상자를 테이블 위에 올렸다. 좋은 반응이었다. 값을 쳐주지 못할 것들은 테이블 위에 오르지 못한다.

─ 선불로 받겠나, 후불로 받겠나?

─ 돈이 한 번에 오가는 게 편하지 않나?

─ 마음대로. 그럼 읊어보라고.

나는 눈을 감고 명상을 실행했다. 모드가 사무실로 들어와 내 앞에 서류철을 내려놓았다. 거기에는 나와 서하의 데이트 목록이 적혀 있었다. 나는 그 목록에서 매켄지 소유의 가게에 서하를 데려갔던 때를 추리고, 당시에 어떤 메뉴를 얼마에 계산했는지 정리하라고 했다. 모드는 잠깐 서류철을 자기 손으로 옮기더니 다시 내려놓았다. 서류는 순식간에 절반으로 줄어들어 있었다. 아니, 절반이나 남았다고 해야 할까. 매켄지의 대접이 좋아진 이유도 알 만했다.

— 오래 걸리는군. 자네도 참 옛날 사람이야. 구독료는 아직 감당할 만한가?

매켄지의 말이 내 사무실 창밖에서, 마치 계시처럼 들려왔다. 나는 책상 위 회의용 마이크의 버튼을 누르고 말했다.

— 아직은 괜찮아. 아직 올해 검사를 안 받긴 했지만.

— 조심하라고. 기준이 점점 까다로워지니까.

— 그게 술을 주면서 할 소린가?

매켄지가 호탕하게 웃더니 먼저 술을 들이켜고 다시 한 잔 따르는 모습이 모니터에 영화처럼 떠올랐다. 매켄지가 아니었다면 허세로 보였을 만한 행동이었다. 하지만 그는 정말로 간 건강 점수 같은 건 신경도 쓰지 않아도 될 만큼 부유했다.

— 정리 끝났으니까 들을 준비나 해.

나는 자동 발화 기능을 실행해 모드가 넘긴 데이터를 빠르게 말했다.

6월 13일, 해변 바-시크릿, 보틀 2개와 모둠 치즈, 총 140만 3,000원.

6월 17일, 컨설턴트, 프리 칵테일 8잔, 총 300만 원.

6월 22일, 라이브 크루즈 9000, 2인 승선비, 3200만 원.

이런 식의 리스트를 나는 3분에 걸쳐 말했고, 매켄지는 들으며 자기 쪽의 매출 전표와 비교했다. 정산에는 10분도 걸리지 않았다.

— 배분은 30퍼센트야.

— 알고 있어.

매켄지가 스탠드 테이블 위의 위스키 잔을 들어 올렸다. 나도 그에 맞춰 내 잔을 들었다. 누런 액체를 입술 사이로 넘겨 잠깐 머금었다가 삼켰다. 첫맛은 부드럽고 상큼하다 싶었는데, 잠시 후 목에 두껍고 거친 것을 쑤셔넣은 듯 달콤한 아픔이 느껴졌다.

서하의 죽음으로 나는 5억을 벌었다. 서하는 죽었고, 나는 살아갈 것이다. 나는 컨설턴트에서 술을 잔뜩 마시고 집으로 돌아갔다. 얼룩덜룩한 셔츠가 소파에 널브러져 있었다. 셔츠에서는 전날 마신 샴페인 냄새가 났다. 오렌지의 달콤한 향은 모두 날아가고 매운 향만 남아 있었다. 이 셔츠를 나중에 입을 일은 없을 것 같았다. 나는 셔츠를 잘 접어서 버릴 옷을 모아두는 서랍에 넣었다. 지저분한 옷들에서 모래 냄새가 났다. 어쩌면 사막의 모래 하나하나는 죽은 이들의 흔적일지도 모르겠다는 생각이 들었다. 그렇다면 지구가 점점 사막화되는 건 단지 이상기후 때문만은 아니리라. 나는 문득, 매켄지의 별명이 죽음의 백종원이라는 사실을 떠올렸다. 내게 처음 이 일을 권유하던 그날, 그는 내게 술을 따라주며 이렇게 말했었다.

— 죽음의 향에 익숙해지게 될 거야.

4

술을 마시고 잠들면 이상하게 버디를 새기기 전의 꿈을 꾸곤 한다.

내가 어렸을 때 버디를 먼저 새긴 아이들은 생각 이어 말하기 게임이라는 걸 했다. 쉽게 말하면 스무고개의 하드코어 버전 같은 건데, 게임이 진행되는 방식은 다음과 같다.

먼저 수비자가 어떤 단어에 관해 생각한다. 그 단어는 고유명사여도 무방하지만, 고유명사가 아닌 쪽이 난도가 높다. 단어를 고른 후, 수비자는 그 단어를 30초 동안 설명한다.

— 전용 칼 없이 껍질을 쉽게 까는 법은 몇 가지가 있는데, 일단 조금이라도 뜯어내서 틈새를 만들고 나면 그다음부터는 쉬운 편이라 껍질에 칼질을 하는 게 보통이다. 또는 알맹이가 나눠지는 방향을 따라 칼질을 한 번 하고 둘로 쪼개는

방법이 있다. 한 바퀴 빙 둘러…….

그 30초 안에 공격자는 수비자가 할 다음 말을 예상하여 똑같이 따라 해야 한다.

— 껍질에 칼질한 다음 껍질과 과육 틈새로 숟가락을 끼워 넣는 방법도 있다.

— 껍질에 칼질한 다음 껍질과 과육 틈새로 숟가락을 끼워 넣는 방법도 있다.

두 사람이 같은 문장을 말하고 있다는 걸 깨달으면 인간은 반사적으로 말을 멈추게 되기 마련이다. 여기서 수비자는 점수의 두 배를 걸고 공격자가 원래 단어는 모르는데 문장만 맞춘 것이라고 주장할 수 있다. 그것이 참이라면 역공이 성공하여 수비자가 이긴다. 그러나 공격자가 단어를 알고 뒷 문장을 유추한 것이라면 문제를 낸 쪽은 점수를 두 배로 잃는다.

이 게임이 얼마나 인기가 있었는지 한때는 이 게임만 취급하는 게임쇼까지 있을 정도였다. 나도 어릴 적 화면 속 고수들의 게임을 입을 떡 벌리고 보던 기억이 있다. 그 쇼에서는 두 참가자가 거의 동시에 말을 시작한다. 양쪽 다 속사포처럼 말을 뱉는 가운데(문제 내는 쪽이 천천히 말하면 게임이 재미없으므로 최소 속도가 규정되어 있다) 두 사람의 언어가 마치 동기화되는 것처럼 하나로 합쳐질 때의 쾌감이란! 나는 다른 아이들과 게임을 할 수 없다는 것보다도 그들처럼 게임을 해보고 싶어서 버디를 가지고 싶었다.

인제 와서 생각해보면 당시 어린이 사회는 거대한 실험실이었다. 늦든 빠르든 때가 되면 버디를 사용하지 않을 수는 없다. 버디를 쓰는 인간과 쓰지 않는 인간 사이의 능력 격차는 웬만해서는 메꿀 수 없기 때문이다. 문제는 버디를 언제부터 사용하는지였다. 잠재적 부작용 때문에 언어를 습득하지 못한 아이는 버디를 착용할 수 없었다. 언어를 배우기 전부터 버디와 소통하면 영영 언어를 배우지 못할 수도 있다고 경고한 언어학자들이 있었고, 실제로도 그런 사례들이 몇 차례 보도되며 여론을 뜨겁게 달구었다. 그런 아이들을 몇몇 보수주의 인플루언서들은 '몬스터 패런츠가 만든 몬스터'라고까지 불렀다. 개인적으로는 지나친 비판이었다고 생각하지만, 단지 아이를 편하게 키우려고 버디를 일찍부터 달아버리는 부모도 있었기에 꼭 잘못된 비난인 것만은 아니었다.

그렇다고 아이들이 대체로 비슷한 시기에 버디를 사용했냐고 하면 또 그렇지는 않았다. 어떤 부모는 아이가 버디와 빨리 친해지면 친해질수록 '버디 네이티브'가 되어 버디 활용에 훨씬 능숙해질 거라고 주장했다. 그들은 아이들이 버디를 '착용(사실 두피에 전도성 타투를 박는 것이므로 엄밀히 말하자면 착용하는 것이라기보다는 새기는 것이지만, 의료계에서는 끝까지 착용이라는 워딩을 고집했다)'할 수 있는 법적 나이인 만 3세보다 빨리 버디를 착용시키기 위해 아이에게 언어 검정고시를 치르게 했고, 언어 검정고시를 통과한 아이들은 20개월 때부터 버디를 착용할 수 있었다.

다른 한편에는 버디를 늦게 착용하면 늦게 착용할수록 좋다고 여기는 부모들도 있었다. 어쨌든 내신과 수능은 버디의 착용을 전제로 하고 있으므로 고등학교에 들어가기 전에는 버디를 착용하게 시켰지만, 그들은 버디의 착용을 최대한 늦춰야 아이의 뇌가 온전히 잘 발달한다고 믿었다. 그런 부모들은 대개 만 14세 전후에 아이에게 버디를 착용시켰다.

초등학생 때부터 우리는 두 그룹으로 나뉘어 있었던 셈이다. 아주 어릴 때부터 버디를 찬 아이들과 그보다는 늦게 버디를 찬 아이들. 나는 그중 후자에 속했다. 말할 것도 없이 불리한 쪽이었다. 버디를 일찍부터 찬 아이들은 언제나 자기들끼리 놀았다. 그들은 하나같이 자기가 언어 검정고시에 합격했다고 주장했고, 그걸 이유로 자기들이 다른 아이들보다 우월하다는 듯 굴었다. 그들은 교실 뒤편에서 생각 이어 말하기 게임을 시끄럽게 해대곤 했다. 마치 너희들은 아직 이거 못 하지 않느냐고 주장하고 싶기라도 한 것 같았다. 그들은 일부러 아이들 사이에서 유행하는 만화 같은 건 쏙 빼고 어려운 과학 이론이나 철학 개념으로 생각 이어 말하기를 했다. 우리에게 절망감이라도 안겨주고 싶었던 모양인데, 안타깝게도 우리는 다만 그들이 재수 없다고 생각했을 뿐이다.

그러나 버디가 당연하지 않은 시기에 버디를 쓰는 게 축복임은 부정할 수 없었다. 우리가 몇 시간 동안 공을 들여야 하는 작문이나 수학 숙제를 버디를 쓰는 아이들은 순식간에 끝내버리곤 했다. 그들은 더 빨리할 수도 있지만, 손을 놀리는 시간 때문에 더 오래 걸리는 거라고 주장하기라도 하듯 하나같이 악필이었다. 버디를 아직 착용하지 않은 아이들끼리는 숙제를 분담해서 하기도 하고, 아예 돌아가면서 하기도 했지만, 버디를 쓴 아이가 선심을 베풀어 숙제를 보여줄 때면 솔직히 자존심이고 뭐고 기쁜 마음부터 들었던 게 사실이다. 그렇다고 절대 비굴하게 굽히지는 않았지만.

대충 이런 어린 시절을 겪고 중학생이 된 나는 마치 챔피언이 된 기분이었다. 승리해서 챔피언인 것이 아니라 원론적 의미로서의, 결투의 대리자로서의 챔피언 말이다. 우리는 스스로 각 진영을 대변하고 있다고 여겼고, 뭐랄까 암묵적인 경쟁의식 같은 것이 있었다. 버디를 일찍부터 착용한 쪽이 더 잘될지 중학생이 돼서 착용한 쪽이 더 잘될지 게임을 하듯 겨루는 것이다. 성인이 된 후에는 자연스럽게 그런 의식이 희미해졌지만, 그 시절은 마치 흔적기관처럼 버디를 일찍부터 착용한 이들에게 특징적인 말투를 남겼다. 그 애들은 미묘하게 말투가 비슷했다. 우리는 그걸 '버디체'라고 불렀는데, 묘한 단문을 구사하고 절대로 비문을 쓰지 않는 것이 특징이었다. 국어책 읽는 말씨랑은 또 다른 어색한 딱딱함이 그들의 말투에는 있었다.

이름이 기억나지 않는 그 아이는 이런 경쟁의 소용돌이는 자기와는 상관없다는 듯 언제나 창밖만 바라보고 있었다. 교실에서 벌어지는 기 싸움이 유치하다고 생각하는 듯한 그 태도 때문에 그 아이를 좋아하는 애들도 많았다. 당연한 얘기지만, 그 아이는 누구의 고백도 받지 않았고 자기가 먼저 누구를 좋아한 적도 없는 것 같았다. 악의적인 몇몇 아이가 그녀가 선생과 사귄다는 등 헛소문을 퍼뜨리기도 했지만, 그녀는 거기에도 별 신경을 쓰지 않아서 소문은 곧 오래 맡은 냄새처럼 희미해지고 말았다.

딱 한 번 특별한 일이 일어날 뻔했다. 그것은 여름의 야구공이었다. 나는 타석에서 배트를 휘둘렀고, 거기에 맞은 공은 길고 아름다운 포물선을 그리며 그 아이를 향해 날아갔다. 그 아이는 운동장 반대편의 벤치에 앉아 있었다. 일반적인 공이었다면 절대 거기까지 날아갈 수 없었겠지만, 그것은 홈런 볼이었다. 마치 어떤 초월적인 힘이 작동하기라도 한 것처럼 시간이 슬로모션으로 흘렀다.

누군가 "조오시임해애"라고 외쳤고, 그 소리를 들은 그 아이는 읽고 있던 책에서 고개를 들고 주변을 살폈는데, 그것은 매의 형상을 한 호루스처럼 하늘에서 내리꽂히고 있었고, 누군가가 펄쩍펄쩍 뛰면서 손을 흔드는 걸 본 그 아이는 드디어 알겠다는 듯 고개를 들어 하늘을 봤고, 그때 그것은 이미 피하기에는 너무 가까이 다가와 있었고, 우리는 본능적으로 숨을 참았고, 그 아이는 움직일 겨를도 없었지만 움직여야 한다는 것도 모르는 것 같았고, 그것은 결국 그 아이의 이마를 때렸다. 날아가던 기세와는 달리 허무하게, 그것은 데구루루 바닥을 굴렀다.

— 아야.

그 아이는 그렇게 말했다. 그리고 다시 책을 읽었다.

한참 뒤에 내가 용기를 내 그 일을 사과했을 때, 그 아이는 그런 일이 있었다는 것도 기억하지 못했다. 여름의 야구공은 그 무엇의 시작도 끝도 아니었다. 나와 그 아이 사이의 거리는 교실의 앞과 뒤가 아니라 차안과 피안만큼이나 멀었다. 교실 뒤편에 앉은 그 아이를 몰래 힐끔거리던 여름의 나날은 단 한 순간, 하나의 장면으로 합쳐져 있었다.

갑자기 교실 앞문이 열리고, 세미 정장을 입은 모드가 들어왔다. 모두의 이목이 모드에게 쏠렸다. 다들 모드를 보고 고개를 갸웃하더니 다음엔 고개를 돌려 그 아이를 봤다. 모드는 신경 쓰지 않고 내게 다가와 말했다.

— 슬슬 일어날 시간입니다만.

나는 무심코 뒤를 돌아보았다. 그 아이는 여전히 아무 관심도 없다는 듯 창밖만 바라보고 있을 뿐이었다.

가벼운 두통이 일었고, 목구멍이 아렸다. 모드가 어제 마신 술이 85퍼센트 분해되었다고 알려주었다. 따뜻한 음식이 당겼다. 그러나 모드는 그건 가짜 배고픔이며 간 건강 점수를 챙겨야 한다고 잔소리를 했다. 연구에 따르면 해장에 대한 세간의 인식과 달리 따뜻한 국물이든 칼로리 높은 음식이든 해장에는 별 도움이 되지 않고, 해장에는 위가 비지 않을 정도의 칼로리면 충분하다는 것이었다.

— 과식은 수명을 줄입니다.

모드가 말했다.

— 알아, 안다고.

나도 모르게 짜증 섞인 대꾸를 했다. 그래도 음식을 주문하려고 놀리던 손가락을 멈췄으니 모드는 목적을 달성한 셈이었다. 장기적으로 좋은 일이라는 건 알지만 기분이 영 좋지만은 않았다. 모드는 그런 내 기분을 읽고 한마디 더 했다.

— 충동은 장수의 적입니다.

모드는 어쩐지 뿌듯해하는 것 같았다. 물론 나도 알고 있다. 건강 점수 관리는 수명과 직결된다는 사실을. 의학적으로도 그렇지만 그것보다는 경제적인 면에서 더욱.

나는 장기들을 이미 오래전에 임플란트 장기로 바꾸었다. 처음에 바꾼 건 간. 술 때문에 지방간이 와서 원래 간을 떼어 내고 임플란트 간을 심었다. 그다음은 폐였고, 세 번째로는 협심증이 온 심장이었다. 위와 장은 일찍 간을 바꾼 덕분인지 꽤 오랫동안 버텼지만, 결국 나이 여든쯤 먹어서는 나머지도 전부 바꾸었다. 노화에 따른 소화 불량을 견디기가 힘들었고, 어차피 가장 문제가 되는 폐와 심장을 바꾼 이상 위와 장은 별 상관 없지 싶어서였다. 서비스로 교체한 관절의 수는 이미 헤아리기를 그만둔 지 오래였다.

　임플란트 장기들은 원래 장기보다 뛰어난 성능을 보인다. 간 기능으로 따지자면 마음만 먹으면 아무리 술을 마셔도 취하지 않을 수 있고, 폐의 경우도 준비 시간만 충분하다면 물속에서 30분 넘게 버텨준다. 임플란트 장기들은 명상으로 세세하게 컨트롤할 수 있으며 각각의 상태가 어떤지도 정확히 확인할 수 있다. 임플란트 장기를 제작하는 회사들은 제각각의 캐치프레이즈를 내세웠는데, 가장 성공적인 캐치프레이즈는 이거였다. "고장 나지 않는 것이 최고의 치료다." 거짓말은 아닌 것이 이제 사람을 가장 많이 죽이는 것은 암이 아니라 심장 정지와 폐 정지다. 다른 말로 하면, 모자란 통장 잔고다.

　임플란트 장기는 과거의 삽입형 의료 기구나 인공장기처럼 한 번에 구매할 수 없고 정기 구독을 해야 한다. 모든 업체가 그렇게 하도록 법이 정하고 있다. 국민건강관리증진에 관한 특별법 제13호는 표면적으로는 임플란트 장기가 너무 비싸서 쓰지 못하는 사람이 없어야 한다는 대의명분을 내세웠다. 그러나 이제는 그게 표면적인 이유였을 뿐임을 모르는 사람은 없다. 어쩌면 그때 입법자들은 환호하는 시민들을 보며 이런 생각을 했을지도 모른다. 바보들아, 문제는 경제야.

임플란트 장기의 구독료는 개인의 나이와 건강 상태에 따라 계단식 누진 구조를 취하고 있다. 임플란트 장기가 모든 질병을 막아주는 것은 아니다. 인간은 아직 뇌를 대체할 임플란트는 개발해내지 못했고, 혈관과 골수 등 나이를 먹을수록 닳는 신체 기관도 여전히 많다. 따라서 임플란트 장기의 기능은 개인의 건강 상태에 따라 섬세히 조절되어야 하고, 구독료 또한 그에 비례해 뛰어오른다.

처음 삽입했을 때 장기 구독료는 누진 0단계로, 국민건강보험도 적용되어 굉장히 저렴하다. 누진 1단계까지도 신경이 쓰일 정도지 공과금과 환경세를 내는 기분으로 낼 수 있다. 그러나 건강보험이 적용되지 않는 누진 2단계부터는 이야기가 다르다. 그때부터는 비싼 장기 구독료를 전부 감당해야 할 뿐 아니라 시쳇말로 '장수세'라고 부르는 세금도 붙기 시작한다. 누진 2단계는 웬만큼 쌓아놓은 재산이 없으면 버티기 힘들고, 사람마다 다르지만, 세금을 포함해 대략 연 몇천에서

몇억 정도의 구독료가 든다. 일반적으로 100세 전후에 누진 2단계에 돌입하게 되는데, 그때까지 인생을 잘 살아왔다면 누진 2단계를 그럭저럭 버텨내며 생활할 수 있다. 그러다가 어느 시점이 되면, 누진 3단계가 찾아온다. 누진 3단계는 대다수에게 사망 선고나 다름없다. 내가 어릴 때는 자주 쓰던 재벌이나 부자라는 단어가 이제는 4단계 혹은 5단계라는 단어로 대체되어가고 있다. 나처럼 2단계에서부터 허덕이는 사람들을 부르는 말도 여럿 생겼다. 그것들은 모두 직업 이름이었다. 2단계부터 허덕이면서 직업이 없는 사람은 어차피 금방 죽으니까, 사람들은 그들에게 따로 이름을 붙일 필요성도 느끼지 못했다.

임플란트 장기들은 개인의 건강 정보를 '관리하는' 일도 겸한다. 그런 정보들은 당연하다는 듯 점수화되어 세금과 구독료, 보험료 등에 반영된다. 한 달에 뉴 스모크를 한 갑 이상 피우거나 옛 담배를 한 개비라도 피우면 −1점. 주 3회 이상 음주하거나 한 번 음주하더라도 과음하면 −1점. 하루 30분 이상 운동하지 않으면 −1점……. 수많은 리스트가 끝도 없이 이어져 있다. 이 나라는 전통적으로 가점은 적고 감점만 수두룩하다. 부당한 생명 정치라고 반발하는 이들이 없었던 건 아니나, 늘 그렇듯 그건 반발하는 이들이 바르게 살지 않은 탓이라고 비난하는 목소리도 만만치 않게 컸다. 그 무렵 장장 한 세기 넘게 꾸역꾸역 이어져온 건강보험은 무너지기 직전이었다. 점점 더 많은 진료 항목이 비보험화되어갔고, 사람들은 처음으로 가벼운 계절성 질환에도 병원에 마음대로 가기 힘든 나라를 경험했다. 그러다 보니 쟁점은 '이러한 통제가 옳은가'라는 질문이 아니라 '같은 보험료를 내는데 건강해지려고 노력조차 하지 않은 쪽이 더 많은 혜택을 받는 것이 옳은가'라는 질문을 중심으로 형성되었다. 과연 전쟁으로 폐허가 된 나라를 재건하는 데는 반세기밖에 걸리지 않았지만, 특유의 성과주의와 능력주의에 물든 국민 정서를 바꾸는 데는 그 두 배의 기간을 들이고도 실패한 나라다웠다. 건강보험 정책이 누구를 위한 것인지, 건강보험이 왜 존재해야 하는지에 관하여 제대로 된 논의를 이어간 이들의 수는 적었고, 그들이 무언가 결론을 내렸을 무렵에는 늘 그 전제가 되는 세계가 변해 있었다. 결과적으로는 '아프고 오래 사는 것보다는 조금 일찍 죽더라도 아프지 않은 게 낫지 않느냐' 내지는 '어차피 병원비가 없어서 죽는 거나 장기 구독료를 못 내서 죽는 것이나 똑같다' 하는 분위기가 주류가 되었다. 물론 양쪽 다 밑바탕에는 구독료 폭탄을 맞는 건 그 개인이 제대로 살지 않은 탓이라는 생각이 있었다.

저항하는 이들이 없었던 것은 아니다. 그들은 임플란트 장기를 조율하는 시스템이 중앙집권화되어 있는 게 문제의 핵

심이라고 주장했다. 임플란트 장기의 기능을 유지하는 시스템을 따로 구축하면 건강 정보를 국가가 관리하는 통합의료시스템에 넘기지 않아도 된다는 게 그들의 논리였다. 그러나 당찬 출발과는 달리 얼마 못 가 주모자들이 임플란트 장기 고장으로 죽었다는 소식이 대대적으로 보도되었다. 결과적으로 그들의 저항은 임플란트 장기의 섬세한 기능은 모두 통합의료시스템을 거쳐야만 한다는 걸 증명한 꼴이 되어버렸다. 그 이후로도 사설 서버와 복잡한 생물학적 계산으로 관리를 벗어나보려는 시도들이 있었다고는 들었는데, 아직 성공했다는 소식은 감감무소식이다. 물론 소수의 사람은 성공했고 그걸 알리지 않았을 뿐인지도 모른다. 적어도 누구나 그렇게 할 수 있었다면 국가 차원에서 그 방법을 막아버렸을 거라는 건 확실하다. 장기 구독으로 벌어들이는 세수가 엄청나다는 건 정부 15.10을 통해 정기적으로 업데이트되는 공공데이터다.

이야기는 거창했지만, 사실 보통 사람들은 이렇게까지 신경 쓰지 않는 것 같다. 건강 점수에 집착하는 건 나를 비롯한 모든 가애의 슬픈 습성이다. 가애는 일할 때 벌점을 많이 쌓을 수밖에 없다. 곧 죽을 사람이 건강 따위를 신경 쓰겠는가? 가애는 인생의 마지막을 불태우며 YODO°하는 수애와 함께 다니면서 점수를 엄청나게 깎아먹는다. 그렇기에 일하지 않는 날에는 결벽증에 가까운 수준의 자기 관리가 요구되는 것이다.

모드는 해장 메뉴라면서 토마토수프를 추천했다. 마녀수프라는 이름으로 2020년경부터 유행한 음식인데, 이제는 그 기간이 너무 오래되어 어떤 식당에서는 마녀수프를 한식 카테고리에 분류해놓기도 했다. 나는 늘 그게 말도 안 되는 분류라고 생각했는데, 왜냐하면 진정한 한식이란 모름지기 밥심이 있어야 하기 때문이다. 하여 모드의 추천을 무시하고 다른 걸 먹고 싶다는 반동적인 생각을 슬쩍 해보았으나, 모드는 예상했다는 듯 냉장고 속 토마토의 유통기한을 들먹였다. 모든 걸 고려하면 욕망이 들어설 자리는 극히 좁다. 나는 피라미드를 쌓을 벽돌을 나르는 기분으로 부엌에 갔다.

— 나름 비서인데 음식 정도는 만들어줘도 되지 않아?

들큼하게 달궈지는 토마토 냄새를 맡으며 내가 불평했다. 그러나 모드는 아랑곳하지 않았다.

— 대신 움직여드릴까요? 자동운동 기능을 쓰지 않는 사이 대형 업데이트가 열 번 정도 있었습니다.

— 됐어. 그거 하면 멀미 나.

— 저는 항상 조수석에 타 있습니다만.

○   You Only Die Once의 줄임말.

— 나는 운전 잘하잖아.

모드는 대답하지 않았다. 버디의 성격은 의도적으로 조정하지 않는 이상 사용자의 잠재의식에 의해 결정된다. 기분 나빠하면서도 모드에게 고분고분 따르는 걸 보면 나도 단단히 꼬인 인간임에 틀림이 없다. 나는 수프를 세 그릇으로 나눠 두 개는 냉동실에 넣고 하나만 먹었다. 모드의 지시대로 만든 마녀수프는 맹물 맛이 났다. 너무 당연하다는 듯이.

모드는 내가 설거지를 미루는 것 가지고는 잔소리하지 않았다. 나는 냄비와 식기를 개수대에 적당히 두고 외출 준비를 했다. 샤워는 밤에 하는 편이다. 나는 세수한 뒤 이를 닦고, 면도했다. 전부 내 손으로 해야 하는 일이다. 이런 일들은 아직까지도 개인의 몫으로 남아 있다. 기술의 풍요는 인류의 안녕이 아니라 경제적인 이유로 퍼진다. 면도하거나 양치하다가 다쳤다고 소송당하느니 그런 기계는 팔지 않는 편이 효율적이라는 게 기업들의 결론이었다.

나는 머리를 요란하지 않게 적당히 올렸다. 봉사 활동이 아무리 봉사 반 사교 반이라고는 해도 깔끔하고 선한 인상을 주는 건 늘 중요한 일이다. 머리카락이 제멋대로 엉키고 뒤틀리는 바람에 마비성 왁스를 두 덩이나 썼다. 놀랍게도 이 시대에도 탈모는 정복되지 않았고, 탈모인들은 대개 민머리보다는 공생을 택했다. 기생식물을 활용한 대체 모발을 두피에 기르는 것이다. 혹자는 머리 위에서 꿈틀거리는 기생식물에 기겁하며 국가가 암암리에 임플란트 모발 개발을 금지하는 거라고 주장하기도 했다. 하지만 개인적으로는 터무니없는 음모론이라고 생각한다. 헤어 업계에 그 정도 권력과 조직력이 있을 거라고는 도저히 생각되지 않았다. 버디의 등장으로 가발 시장이 폭발적으로 커졌을 때도 그 흔한 협회 하나 제대로 만들지 않은 이들이니 말이다. 그래도 머리카락 대신 두피에서 자라고 있는 생물들을 보고 있노라면 가끔은 나 역시 징그럽다는 생각이 들 때가 있다. 가령 바람이 불지 않아도 멋대로 휘날릴 때, 내가 잡아먹히는 건 아닐까 하는 공포가 불현듯 찾아오곤 하는 것이다. 물론 그런 적은 여태한 번도 없다고 들었지만 원래 무슨 일이든 일어나기 전까지는 기우처럼 보이는 법이니까. 그럼에도 내가 공생을 포기하지 못하는 건, 여전히 두발의 유무가 인간관계에 큰 영향을 끼치기 때문이다. 나는 얼추 정리된 머리를 결에 따라 빗으며 손끝으로 움직이는 녀석이 있나 꼼꼼히 확인했다. 강력한 마비성 왁스 때문에 두피가 따가웠다.

정산을 받으면 봉사를 나가는 게 내 루틴이다. 항상 긴장하고 관계의 미세한 기류를 살펴야 하는 가애 일과 달리 봉사는 마음이 편하다. 내가 도움을 주러 간 것이므로 거부당할 걱정이 없다. 사랑받기 위해 애쓸 필요도 없다. 그것만으로도 얼마나 마음이 편해지는지 모른다. 가애가 되고부터 내게는 사람들이 마치 계산서 혹은 복잡한 수식처럼 보인다. 인생에 걸쳐 감가상각에 저항하는 생명-금융공학의 산물. 나는 그게 노인에 관한 가장 적절한 설명이라고 생각한다.

나는 대충 준비를 마치고 소파에 드러누웠다. 전에 안내문은 확인해두었으니 나가야 할 시간이 되면 모드가 알려줄 것이다. 잠을 자기에는 머리가 지끈거렸다. 나는 얼마 전부터 읽기 시작한 소설을 펼쳐 들었다. 플로베르라는 옛 소설가의 책이었는데, 여자의 마음을 사기 위해 자기 삶을 내던지는 젊은이의 모습을 길게 묘사하는 소설이었다. 젊은이가 욕망을 위해 필사적으로 부인에게 매달리는 모습은 안쓰럽기도 하고 공부가 되기도 했다. 한 분야에서 성공하는 방법은 모든 오답을 피하는 거라고 한다. 행복한 가정은 모두 비슷한 이유로 행복하지만, 불행한 가정은 저마다의 이유로 불행하다는 말이 있다. 반대로 말하면 비슷한 행복들의 한 끗 차이에 집중하는 것보다는 삼라만상으로 다양한 불행을 피하는 게 더 쉽다는 뜻이다.

이선에게서 전화가 걸려온 것은 그 똑똑하고 지질한 청년이 자기보다 몇 수 아래라고 생각하던 학생보다 낮은 성적을 받고 좌절하는 장면을 읽고 있을 때였다. "저 친구, 그래도 너

를 이기는구나"라는 냉정한 선언을 읽다가 전화를 받으니
나도 모르게 냉소적인 말투가 튀어나왔다.

— 뭐야?

— 인마 형님한테.

이선이 넉살 좋게 웃으며 받아쳤다. 그는 《젊은 베르테르의
슬픔》을 읽으면서도 깔깔댈 수 있는 사람이다. 플로베르의
감미로운 지질함은 무심한 현실에 씻겨 사라져버리고 말았
다. 무슨 일이냐고 묻자 그가 대답했다.

— 너 한잔했다며.

정말이지 나는 매켄지가 그런 외모를 하고서 입이 싸다는
게 도무지 믿기지가 않는다. 아마 그로서는 치밀한 계산을 하
고 말을 옮기는 거겠지만, 이런 일을 겪을 때마다 그가 그냥
주책 넘치는 아저씨 같다는 느낌을 받는 건 어쩔 수가 없다.

— 오늘은 형이랑 음악 치료 가자. 아직 봉사 활동 하지?

— 나 오늘 보육원으로 가는데.

내가 대꾸하자 이선이 휘파람을 불었다. 말로는 형이네 어
쩌네 해도 우리는 굳이 말하자면 입사 동기쯤 되는 사이였
다. 이래저래 얽히면서 서로 추태도 많이 보인 탓에, 내가 드
러내놓고 말한 적이 없는데도 그는 내 사정을 얼추 알았다.

○   귀스타브 플로베르, 《감정 교육 1》, 지영화 옮김, 민음사, 2014, p. 102.

내게 필요한 건 공감도 위로도 아닌 목숨을 살 돈뿐인데도 그는 쓸데없는 동정을 표하곤 했다.

— 너 이제 어린애 봐도 괜찮냐? 한동안 놀이터도 피해 다녔잖아.

— 이젠 멀쩡하지 당연히.

— 허세는……. 그래도 웬만하면 음악 치료 오지? 여기 4단계 사장님이 뜬다는 정보가 있어.

이선이 목소리를 줄여 소곤댔다. 그게 본론이었군. 말투는 거칠지만, 아니 오히려 거친 덕인지 이선은 매켄지에게서 나보다 비싼 술을 얻어먹고 살았다. 전화가 온 타이밍이 공교롭다 싶었더니 역시 일 얘기였다. 매켄지가 얘기를 흘린 이유도 짐작이 갔다. 4단계를 어떻게든 수애로 만들기만 한다면 가장 큰 이득을 보는 이는 매켄지다. 어쨌든 마지막에 받는 현금을 빼면 전체 매출의 70퍼센트는 그의 몫이니 말이다.

— 같이 판 깔고 성공하는 쪽이 도와준 쪽한테 10퍼센트 어때?

이선이 여전히 소리 죽여 말했다. 히죽거리는 그의 표정이 눈앞에 선했다. 확실히 구미가 당기는 조건이기는 했다. 이선은 내게 이 제안을 하는 것 자체가 큰 호의를 베푸는 거라고 생각하고 있을 것이다. 그것도 충분히 눈꼴시긴 했지만 내가 거절한 건 그 때문은 아니었다.

─ 너 이거 한번 잘되면 몇 년 치를 버는지 알기나 해?

─ 난 봉사할 땐 수애 안 찾아.

나는 그렇게 말하고 일방적으로 전화를 끊었다. 이선에게 서는 다시 전화가 걸려오지 않았다. 그는 아마 다른 사람을 찾아 나섰을 것이다. 나는 이선만큼 미국적인 사람을 본 적 이 없다. 갑자기 아무 맛도 나지 않는 마녀수프가 멍청하고 부당한 일처럼 느껴졌다.

─ 핑계 대지 마십쇼.

모드가 말하고는 '투 더 문'에서 보낸 참석자 당일 안내문 의 내용을 보고했다. 한 시간 정도 거리에 있는 보육원이고 특별히 준비할 건 없다는 내용이었다. 투 더 문에서 모집하 는 봉사를 나갈 때 뭔가를 준비해야 했던 적은 한 번도 없었 다. 그런 철저함이 투 더 문을 실버 봉사 플랫폼 1위로 만들 었을 것이다. 젊은 사람들은 믿지 않을지도 모르겠지만 봉사 는 노인을 위한 완벽한 사회생활의 장이다. 특히 등산을 선호 하지 않는 사람들에게는 더더욱.

─ 20분 후에는 출발해야 하니 남은 알코올 5퍼센트를 태 워야 합니다. 가벼운 유산소운동을 추천합니다.

나는 자리를 털고 일어나 모드가 알코올 분해가 완료됐다 고 할 때까지 가볍게 팔 벌려 뛰기를 했다. 이마가 땀으로 번 들번들해졌다. 이럴 거면 씻기 전에 운동해야 했다고 모드에게 불평했다.

— 우울한 것보단 불평 좀 하는 편이 낫지 않습니까?

모드는 늘 이런 식이었다. 도대체 나란 인간이 어떻게 돼먹은 인간인지 나도 잘 모르겠다.

5

차에 타자 익숙한 목소리가 나를 반겼다. 차는 내게 맞춰 운전석 간격과 등받이 각도를 조절해주며 마치 친절한 비서처럼 굴었지만, 실은 그 반대다. 내가 안전띠를 매자 차가 말했다.

— 자율 주행을 시작하겠습니다. 항상 전방을 주시하고 핸들에서 손을 떼지 마세요.

핸들에 손을 얹고 보육원의 이름을 대자 차는 자기 멋대로 출발했다. 핸들을 잡고는 있었지만, 힘을 주어도 핸들은 움직이지 않는다. 직접 운전할 수 없다는 의미로 계기판이 붉게 반짝일 뿐이다.

100세가 넘으면 자율 주행을 의무적으로 사용해야 한다는 법이 있다. 자율 주행 기능을 켜놓으면 차는 사실상 알아서 가고, 내가 제한적으로나마 관여할 수 있는 건 복잡한 길을 가거나 좁은 길목을 통과할 때뿐이다. 이런 게 법의 가장 끔찍한 점이다. 자의적인 선을 그어놓고 내가 정말로 뭘 할 수 있고, 어떤 능력이 있는지에는 아무런 관심을 주지 않는다. 모든 차량에는 운전자 인식 기능이 탑재되어 있고, 해당 시스템은 버디와 연동되어 운전자의 나이를 정확히 파악한다. 만약 이 시스템에 조작을 가했다가 적발되면 면허 취소는 물론이고 최대 형사처분까지 받을 수 있다. 그러니까 이 나라는 노인이 운전할 수 있다는 걸 법리적으로 인정하지 않는 셈인데, 웃기는 건 그러면서 음주 운전 단속도 하고, 사고가 났을 때는 운전자에게 책임도 지운다는 점이다. 뭐 어쩌자는 건지 모르겠다. 이런다고 교통사고가 줄어드는 것도 아닌데. 여전히 차에 치이거나 깔리는 사람의 수는 매년 10만 명가량 되고, 그중 15퍼센트는 어린이다. 노인 운전 금지법이 생기기 전과 하나도 다를 바 없다. 내가 통계를 안 믿는 데는 다 이유가 있다.

보육원까지는 70킬로미터였다. 나는 핸들을 잡고 멍하니 창밖으로 흐르는 풍경을 바라봤다. 한창 강을 따라 달리다가 터널을 하나 지나니 이번에는 한참 산만 보였다. 다시 한번 터널을 지나니 평지가 나타났다. 누가 봐도 현대에 지어진 건물들이 누각이나 사찰이 그려진 거대한 현수막을 걸고 어설

프게 문화유산 흉내를 내고 있었다. 주변에 유명한 문화재라도 있는 모양이었다.

보육원까지는 간선도로에서 빠져나오고도 20분을 더 가야 했다. 다시 사람 사는 곳에 가까워졌다는 듯 혈관처럼 얼기설기 들어선 가게들이 보였다. 그중 하나는 뚝배기를 줄줄이 늘어놓고는 '황톳집'이라는 간판을 달고 있었다. 뚝배기 몇 개는 깨져 있었고, 검붉은 덩어리가 악성 종양처럼 옆구리에 들러붙어 있었다.

— 현대 의학의 한계입니다.

의사는 별로 미안해 보이지는 않았다. 그는 어머니가 누워 있는 병상 바로 옆에서 그런 말을 했다. 비록 어머니가 진통제를 맞고 잠들었고 푸른 커튼이 우리와 어머니 사이를 갈라놓고 있다고는 해도 나는 그의 말이 어머니에게 들릴까 두려웠다. 비과학적인 생각이지만, 어머니가 귀로는 못 듣는다 해도 세포 하나하나가 그의 말을 듣고 삶을 포기해버리면 어쩌나 싶었다.

— 이런 얘기는 조용한 데서 하시죠.

내가 항의했다. 의사는 고개를 저었다.

— 여기가 병원에서 가장 조용합니다.

의사는 그렇게 말하고는 입을 벌렸다가 닫았다. 나는 그게 무슨 말이라도 더 하려는 것인 줄 알고 기다렸는데, 그는 의도적으로 뜸을 들인 것이었다. 고요가 대화 사이에 긴 스키드 마크를 남겼다. 어머니가 있는 4인실에서는 주기적으로 울리는 심전도계 소리 말고는 아무런 소리도 나지 않았다. 다들 무슨 말을 해도 소용없다는 듯, 이미 모든 말을 해버린 사람들처럼, 미라처럼 앉아 있을 뿐이었다.

의사가 말을 이었다.

— 암을 치료하는 방법은 하나뿐입니다. 암세포가 다른 곳으로 도망치지 못하게 고립시키고, 모두 죽여버리는 겁니다. 항암 치료가 많이 발전했다고는 해도 더 효과적인 포위법과 사살법을 만들어낸 것뿐이지 암세포를 정상 세포로 돌리는 방법은 찾아내지 못했습니다. 이론적으로는 말기 암도 같은 방법으로 치료할 수 있습니다. 수술이 끝난 후 환자가 눈을 뜰 가능성이 없을 뿐이죠.

— 임플란트 장기가 있지 않습니까. 심장부터 차례차례 바꾸면…….

나는 더듬더듬 말했다. 의사에게 의학적인 반박을 한다는 게 얼마나 무의미한지 그땐 전혀 생각나지 않았다. 그저 세상이 우리 가족에게 불합리한 벌을 내린다는 억울함만 가득했다. 그러나 내가 말을 마치기도 전에 의사가 말을 끊었다. 수없이 들어본 반론이라서 듣지 않아도 빤하다는 듯이.

— 임플란트 장기는 만능이 아닙니다. 인간 신체에서 임플

란트로 대체할 수 있는 부분은 30퍼센트에 불과합니다. 나머지 70퍼센트가 버텨주지 못하면, 30퍼센트가 멀쩡하다 한들 살 수 없습니다. 안타깝습니다만, 어머님의 경우 암세포 전이가 비정상적으로 빨랐습니다. 나머지 몸이 임플란트 장기를 버티지 못할 겁니다. 이전부터 임플란트를 썼으면 모를까, 인제 와서는 무리입니다.

시도라도 해봐야 하지 않겠냐는 말을 하는 게 어쩌면 일반적인 환자 가족의 반응이었을지도 모른다. 실제로 그 말은 거의 반사적으로 내 입 밖으로 튀어 나가려고 했다. 그러나 입을 벌리기 직전, 나는 어머니가 했던 말을 기억해냈다.

— 나는 고통스럽게 사느니 아프지 않고 죽고 싶다.

어머니는 아버지를 내려다보다가 그렇게 말했었다. 침대에는 내가 한 번도 경험해보지 못한 아버지가 누워 있었다. 머리는 모두 밀었고, 살이 너무 빠져서 광대뼈가 얼굴을 찢을 것만 같았다. 눈은 붓고 눈가의 피부가 갈라져 있었는데, 주사를 맞을 때마다 아프다고 울어서 그랬다. 아버지는 뇌부터 죽었다. 뇌사라고 하면 뇌만 죽은 것 같겠지만, 현대 의학에 따르면 뇌사야말로 진정한 죽음의 기준이다. 마지막까지 살아남은 척수는 마치 가슴 한가운데로 날아오는 화살을 막으려는 기사처럼 아버지의 양팔을 들어 올렸다가 가슴에 교차시킨 채로 내렸다. 의사는 그게 라자로 반사라는 것으로, 부활의 징후가 아니라 확실한 뇌사의 증거라고 설명했다. 어쩌면 예수가 부활할 수 있었던 건 두 팔을 쫙 벌리고 십자가에 못 박혔기 때문인지도 모른다는 허무맹랑한 생각이 들었다.

어머니는 아버지를 보며 당신의 미래를 엿보았던 건지도 모른다. 그날 내게 못처럼 단단한 약속을 받아둔 걸 보면 말이다. 나는 어머니를 연명 치료 하지 않고 가장 강도 높은 마약성 진통제를 쓴다는 호스피스에 입원시키는 데 동의했다.

나는 주말마다 어머니를 찾아가기 위해 먼 거리를 운전했다. 면허증은 스무 살이 되자마자 땄지만 운전에 익숙해진 시기는 그때였다. 누구도 주말에 나를 불러내지 않게 되었을 무렵, 호스피스 원장이 조용히 나를 불렀다. 그는 제대로 공증받은 어머니의 유서라면서 내게 봉인된 편지를 건넸고 조의금도 함께 전했다. 편지봉투 안에는 유서와 집문서, 남은 학자금 대출을 갚을 만큼의 돈이 든 통장이 있었다. 유서에는 집문서와 해당 통장을 내게 증여한다는 말과 함께, LSD가 합법이던 시절에 록 가수들이 부르던 노래 가사 같은 게 적혀 있었다.

나랑 같이 가자.

나는 영원히 도는 회전목마를 탈 거야.

물론 진짜인 건 아무것도 없지.

그러니 걱정할 것도 없어.

불꽃놀이여 영원하라.

오렌지.

이런 내용이 어떻게 공증을 받았는진 모르겠지만 어쨌든 편지 끝엔 이런저런 사인과 도장이 찍혀 있었다. 원장은 내게 어머니의 마지막 모습이 담긴 사진을 주었다. 어머니는 두 팔을 가슴에 모은 채 눈을 감고 있었다. 왼팔에 주삿바늘이 마치 화살처럼 박혀 있었다.

보육원 주차장에는 몇 번 마주친 적 있는 얼굴들이 종이컵을 들고 서 있었다. 내가 차에서 내리자 '투 더 문'이라고 쓰인 조끼를 입은 직원이 달려와 커피와 율무차를 권했다. 나는 정중히 거절했다. 직원은 머쓱한 미소로 인사하고 제자리로 돌아갔다. 나는 아는 얼굴들을 향해 발걸음을 옮겼다. 그들은 나와 마찬가지로 투 더 문에서 오래 활동한 회원들로, 몇 명은 가애였고 나머지는 아니었다. 우리가 스스럼없이 알고 지낼 수 있는 건 그 가애들이 투 더 문에서는 수애를 찾지 않기 때문이었다. 원칙적으로 봉사 활동 그룹 내에서의 연애는 금지되어 있다. 봉사 활동 그룹에서도 주기적으로 수애를 새로 구하면서도 별 탈 없이 투 더 문에 달라붙어 있는 이선이 용한 거였다. 그러니까 매켄지에게 신임을 받는 거겠지. 그는 가끔 내게 전화해서 매켄지가 따라준 술맛을 자랑했는데, 모드의 말에 따르면 내게 주는 술에 비해 열 배는 비싼 술이었다.

사람들이 둥그렇게 모여 있는 가운데, 도후가 작은 목소리로 대화를 주도하고 있었다.

— 또 테러가 있었대요. 차병원이라는데요?

그의 목소리가 워낙 조용해서 사람들은 자연스럽게 몸을 앞으로 기울이고 있었다. 한 여자가 대화를 받았다.

— 아이고, 이번에는 무슨 이유로 그랬대요.

— 생명권 보장하라는 얘기였겠죠. 장기 구독료가 독하긴 하잖아요. 사형선고나 다름없는걸요.

— 그건 그렇지. 나도 매년 구독료 때문에 허리가 부러질 것 같아.

— 좋아하는 사람 하나도 없는 제도인데 왜 유지하는 거래요?

— 그렇게 안 하면 자산의 재분배가 안 된다잖아요. 부자가 안 죽고 영원히 사니까.

— 뭐, 세금으로 돈 떼먹으면 그건 분배가 되나? 정치인들이야말로 진짜 도둑놈들이면서.

— 막상 돈 있고 빽 있는 사람들은 누진세 어떻게든 피해

갈걸요? 없는 사람만 가는 날 받아놓고 사는 거지 뭐.

— 에이, 그렇게만 생각하면 안 되죠. 우리 의료비도 원래 싸지 않아요. 다 건강보험에서 내줘서 싸 보이는 거지. 비보험 다들 해보셨잖아. 사람들이 안 죽고 계속 보험료 받아 써봐요. 감기 걸려도 병원 못 가는 세상이 될걸? 장기 구독도 비보험 되는 시점부터 비싸지는 거구먼.

서로 말을 주고받으면서 처음에는 작았던 목소리가 점점 커졌다. 그에 따라 그들의 허리도 점점 펴져서 잠시 후에는 다들 몸을 곧추세우고 있었다. 마치 태양을 향해 높이 솟은 피라미드를 보는 것 같았다. 물론 그들은 신이 아니라 달콤한 자학의 열매에 가까워질 뿐이었지만.

— 어, 왔어요?

나는 조금 떨어져서 듣고만 있었는데, 도진이 내게 손을 흔들었다. 그는 내 어깨를 잡고 둥글게 뭉쳐 있는 그들 틈에 나를 자연스럽게 끼웠다. 아는 사이이기는 했지만, 그렇게까지 친하진 않았는데 도진은 오늘따라 친한 척 말을 붙였다.

— 오늘 뭐 하는지 알아요?

도진이 큰 소리로 물었고, 나는 고개를 저었다. 그걸 시작으로 갑자기 도진이 대화를 주도하기 시작했다. 그가 왜 나를 반가워했는지 이해가 되는 순간이었다. 도진에 따르면 이곳은 봉사자의 역할이 커서, 아마 투 더 문 측에서 경험이 많은 이와 경험이 적은 이를 2인 1조로 짝지어줄 거라고 했다. 몇몇이 옳다구나, 하는 반응을 보였다. 2인 1조 혹은 4인 1조로 진행하는 봉사에서 커플이 가장 많이 탄생한다는 건 모두 알고 있었다. 봉사 활동에는 유독 외로운 사람이 많았다. 투 더 문이 실버 봉사 플랫폼 중 선두를 달리는 건 티 내지 않으면서 언제나 남녀 비율을 잘 맞춰왔기 때문이기도 했다. 남자보다는 여자를 대하는 게 편한 나로서도 이런 업체의 성향이 도움이 되었으니 상관은 없지만, 종종 봉사가 아니라 사교장에 온 것 같은 사람들이 눈에 밟히면 마음이 썩 좋지는 않았다.

고수명 시대의 인간은 나이를 먹어도 먹어도 유치했다. 대화 주도권을 빼앗긴 후로 도진을 노려보고 있는 도후만 봐도 과거 나잇값이라고 말해지던 태도가 단지 에너지 부족으로 인한 것일 뿐이었음은 어렵지 않게 알 수 있다. 소위 초고령화 사회에 돌입하고부터 정부가 시행해온 정책들이 얼마나 실패작인지 보여주는 좋은 사례로 써도 손색없을 정도였다.

정부에서는 임플란트 장기의 본격적인 국가 관리를 천명하며 '젊은 노인 프로젝트'도 함께 시작했다. 인구 피라미드가 깔때기 모양처럼 역전될 것이라면, 반대로 생각해서 노인 인구의 경쟁력을 높이는 것이 국가 경쟁력으로 이어진다는 이론이 해당 정책의 근거였다. 정부의 주요 벤치마킹 국가는 싱가포르였는데, 싱가포르는 독재국가니만큼 21세기 초엽부터 이런저런 과감한 정책들을 몰아붙였고, 이제 그 성과가 뚜렷이 드러나고 있었다.

싱가포르는 국가에서 주택을 공급해 국민의 자가 비율이 80퍼센트 이상으로 맞췄고, 해당 주택은 접근성 좋은 도시에 위치하여 자연스럽게 국민의 여가 시간을 확보했다. 여가 시간은 국민적 스트레스 감소로 이어졌다. 자동차 번호판에 1억이 넘는 가격을 책정하고, 대중교통을 잘 정비해 사람들이 많이 걷도록 유도했다. 또 청량음료에 엄청난 세금을 부과해 음료가 아닌 물을 마시도록 유도했다. 그 밖에도 수많은 요인이 합쳐진 결과 싱가포르는 생산 가능 노인 인구 비율에서 전세계 1, 2위를 다투는 성공적인 실버 중심 국가가 되었다.°

문제는 싱가포르의 방식이 한국에는 맞지 않았다는 점이다. 싱가포르와 한국의 공통점이라고는 땅덩이가 작고 GDP를 대부분 해외무역에 의존한다는 것 말고는 거의 아무것도 없었다. 무엇보다 대통령 단임제를 하는 나라에서 성과 측정이 애매하고 효과가 장기간에 걸쳐 나타나는 정책은 추진이 어렵다. 한국이 택한 것은 언제나와 같은 평가 제도였다. 정

○   김윤주, 〈전현우×정희원, 우리의 이동은 왜 지옥 같을까〉, 《채널예스》, 2023년 11월 20일; 김성훈, 〈(인터뷰) 고령화 사회를 대비하는 싱가포르의 정책 대응〉, EMERiCs, 2016년 5월 20일.

부는 목숨줄을 손에 쥐고 국민이 이런저런 건강 점수를 챙기게 했다. 마치 20세기 말의 신용카드 남발 사태 때처럼 임플란트 장기 사용을 적극적으로 권장했다. 결과적으로 노인 수명도 늘었고, 소위 '노인 건강 지수'라고 하는 것에서도 한국은 OECD 국가 중 상위권에 들었다. 그러나 늘 그렇듯 국민의 실질적 만족도, 그러니까 정신 건강은 바닥을 기었지만 그런 숫자들은 제대로 드러나지 않았다. 정신과 진료 기록은 원칙적으로나 실질적으로나 제3자가 열람할 수 없지만 버디에게 들키지 않고 약을 먹을 방법은 없다. 멀리서 보면 아름답지만 가까이서 보면 비극이 되는 게 권위주의에 내장된 코미디다.

나는 일부러 도후에게도 도진에게도 눈길을 주지 않고 말했다.

— 그래서 오늘 하는 게 뭔데?

도진이 어깨를 으쓱하고는 맹랑한 말을 던졌다.

— 고난도 창의력 퀴즈요.

이런 맹탕 인간들이 어딜 봐서 젊고 건강한 노인이란 말인가.

6

봉사는 도진의 말대로 2인 1조로 짝을 이뤄 진행되었다. 나는 성아라는 이름의 여자와 짝지어졌다. 우리는 간단히 인사를 나누고 다른 투 더 문 회원들과 함께 담당자인 보육원 교사를 따라 함께 이동했다. 성아는 갈색 머리에 약간 살이 붙은 얼굴이 푸근한 인상을 주는 여자였다. 그녀는 말을 살짝 더듬었는데, 듣기 불편할 정도는 아니었다. 나는 그녀가 너무 들떠 있지 않아서 마음에 들었다. 아무리 봉사를 하러 왔다지만 보육원은 어른이 아니라 아이를 위한 곳이다. 그것도 매일매일의 기억을 평생 가져갈 아이들이.

교실에는 낮은 책상이 반원형으로 놓여 있었고 한쪽 벽에 화이트보드가 걸려 있었다. 자리는 좋을 대로 앉으면 된다고 했다. 나와 성아는 두 번째 줄에 앉았다. 창 너머 아이들이 뛰어노는 소리가 들렸다. 호루라기 소리가 간간이 섞이는 걸 보니 체육 시간인 것 같았다. 아이들은 소리를 지르며 달리는 듯했다. 우리에게는 더는 남아 있지 않은, 몸을 아끼지 않는 에너지였다. 문득 삐걱삐걱 회전목마가 돌아가는 소리가 들린 것 같았다. 그러나 귀를 기울이니 사라졌다.

대충 자리가 정리되자, 보육원 교사는 오늘 우리가 무슨 일을 해야 하는지 안내했다. 우리가 맡을 일은 버디에 잘 적응하지 못하는 아이들을 돕는 거였다. 가능하면 도와주되, 문제를 해결하러 왔다기보다는 놀아주러 왔다고 생각하라고 교사는 힘주어 말했다.

— 혹시 문제가 생기면 바로 저희를 부르셔야 합니다.

대략적인 설명을 끝낸 후 교사는 아이들의 간단한 신상 정보가 적힌 카드를 나눠 주었다. 거기에는 아이의 사진과 함께 성격, 나이, 발달 사항, 하면 안 되는 말, 간단한 교우 관계 따위가 적혀 있었다. 우리가 맡을 아이의 이름은 로운으로, 무던한 성격이지만 교우 관계에 소극적인 아이였다. 아이는 어쩐지 골격이 좀 이국적이었는데, 그래서인지는 몰라도 명상을 실행하면 화려하고 어지러운 색이 시야를 뒤덮어서 버디를 전혀 사용하지 못하는 문제가 있다고 했다. 다른 아이들과 잘 친해지지 못한 건 버디 때문인 것 같았다. 버디를 능수능란하게 사용하는 아이들끼리 하는 놀이에 버디에 적응하지 못한 아이는 끼어들 방법이 없다. 생각 이어 말하기 게임 같은 건 버디 없이는 꿈도 꿀 수 없다.

— 본격적이네요.

카드를 다 읽은 성아가 속삭였다. 나도 동의했다. 투 더 문에서 연결해주는 기관이 대체로 봉사자 친화적인 것은 사실이지만 이렇게까지 철저히 준비하는 곳은 드물다. 이런 분위기는 친절이나 섬세함보다는 오히려 염려라는 단어를 떠올리게 했다. 그때 앞문에서 우당탕 소리가 나더니 한 아이가 교실 문을 열고 들어오려다가 사과하고 도망쳤다. 교사가 아이의 이름을 부르며 따라 나갔다. 교실은 때늦게 학기 초를 맞이한 것처럼 어색한 적막에 휩싸였다.

— 아이를 좋아하세요?

그 말이 성아의 입에서 나왔다는 걸 인지하기까지 시간이 조금 걸렸다. 그녀는 여전히 원생들의 신상 정보 카드를 들여다보고 있었고, 말투도 혼잣말을 하듯 조곤조곤했다.

— 아끼는 건 확실합니다.

내가 대답했다. 성아는 보일 듯 말 듯 고개를 끄덕였다. 여전히 나를 보지는 않았다. 내게 말을 건넨 게 아니었나 하는 생각이 들 때쯤 성아가 다시 중얼거렸다.

— 믿음직하네요.

그게 무슨 뜻이냐고 묻기도 전에 교사가 돌아왔다. 교사는 잠깐 소란이 있었는데, 아이가 자기를 너무 좋아해서 그런 거니 양해를 부탁한다고 말했다. 그리고 다시 설명을 이어나갔다.

보육원에 있는 아이 중에 버디 네이티브인 아이는 거의 없다. 어릴 때부터 버디를 쓰는 아이들의 경우 밀착 교육이 권장되는데, 그 정도로 부모가 정성을 보일 만한 아이라면 애당초 보육원까지 오지도 않는다는 것이었다. 타당한 설명이었다. 버디 네이티브가 되기 위해서는 놀이기구를 탈 때처럼 부모의 밀착 관리가 필요하다. 교사가 절대 잊어서는 안 된다며 검지를 세웠다.

— 아이가 어지럼증을 호소하면 바로 멈추셔야 해요.

간호사가 설명했다. 산은 자동으로 돌아가는 회전목마 요람에 누워 자고 있었다. 유아에게는 위험성 때문에 수면 마취를 할 수 없다. 고작 세 살밖에 안 된 산은 두피에 버디를 새기는 고통을 맨정신으로 겪어야 했다. 아이는 두피만큼이나 눈도 부어 있었다. 간호사는 수십 개가 넘는 주의 사항이 모두 중요하다며 선서를 하듯 하나하나 강조했다. 모드가 없었다면 나는 절반도 제대로 기억하지 못했을 것이다. 간호사가 강조한 것들은 가령 이런 것들이었다.

하나, 아이가 가르친 적 없는 이상한 언어로 웅얼거리면 바로바로 교정해주어야 한다. 제1언어가 뇌-언어로 정착되면 고치기 매우 어렵다.

하나, 아이가 모든 기억과 사고를 버디에 의존하게 하면 안 된다. 뇌는 대략 13세 전후까지 성장하며 이때까지 발달하지 못하면 버디를 써도 '느린 아이'가 될 수 있다.

하나, 책이나 사진으로 하는 공부일수록 아이가 버디에 의존하기 쉽다. 놀이교육이나 음악교육, 체육교육을 추천한다. 요즘에는 오감을 모두 활용하는 토털 에듀케이션 학원도 많으니 잘 찾아서 이용하시라.

하나, 아이 앞에서 일거수일투족을 극히 주의해야 한다. 버디를 새긴 시점부터 아이는 모든 것을 기억하며 그 모든 것이 아이의 초기 인격 형성에 지대한 영향을 끼친다.

하나, 버디로 아이를 통제하려는 생각은 하지 않는 게 좋다. 아이가 버디를 불신하기 시작하는 것보다 무시무시한 일은 없다.

간호사는 매 주의 사항마다 손바닥을 펼치고 이렇게 말했다.

— 의학적인 문제가 발생할 수도 있습니다.

교사가 잠시 뜸을 들이는 사이 교실 뒤편에서 누군가 잠긴 목소리로 "저기요" 하고 외쳤다.

— 그냥 아이와 놀아준다고 생각하면 되는 걸까요? 치료나 개선은…… 저희가 감당하기에는 너무 위험한 일인 것 같은데요.

고개를 돌려보니 진지하고 걱정스러운 표정의 남녀가 짝

을 이룬 테이블이었다. 교사가 답했다.

— 네, 그냥 편하게 놀아주시면 됩니다. 억지로 뭔가를 바꾸려고 하지 않으면 큰 문제는 절대 일어나지 않습니다. 장담합니다.

아이들의 운동 시간이 끝나기 전까지 우리는 좀 쉬었다. 어린아이들의 힘을 미리 좀 빼놓기 위해 시간표를 이렇게 짠 것 같았다. 투 더 문 특유의 넉넉한 시간 배분은 여전했다. 보육원에서 준비한 건지 투 더 문에서 준비한 건지 기다리는 동안 디저트와 차가운 음료가 테이블마다 놓였다. 대놓고 주어진 소셜라이징 시간이었다. 교사는 기다리는 동안 아이에게 자기를 소개할 간단한 별명을 생각해놓으라고 말했다. 특징을 잘 살린 별명일수록 아이와 빨리 친해지는 데 도움이 된다고 했다.

나는 성아에게 믿음직하다는 게 무슨 뜻이었는지 물었다. 성아는 자기가 무슨 말을 했는지 잊기라도 한 듯, 잠깐 고개를 갸웃거리다가 대답했다.

— 말 그대로예요. 좋아하는 방식은 다 제각각이잖아요. 하지만 아끼는 건 상대의 입장을 고려하는 거죠.

나는 고개를 끄덕여 보였다. 성아는 내 쪽을 바라보았고, 눈도 맞춰왔다. 이제야 좀 대화 같았다. 나는 아이를 좋아하냐며 성아에게도 같은 질문을 되돌려주었다. 편안한 대화를 위한 첫걸음은 취향 내지는 선호를 공유하는 것이다.

— 저는 아이가 싫어요.

성아는 그렇게 말하면서도 눈을 돌리지 않았다. 모드는 그녀의 표정을 분석하지 않았다. 그녀는 당연한 말이라는 듯 무덤덤한 표정이었다. 나는 말문이 막혔다. 성아는 민감한 사람인지도 몰랐다. 과민한 사람은 종종 자기만의 세계에 갇혀 있곤 하니까. 하지만 그런 내 얄팍한 분석은 성아의 다음 말로 곧바로 전복되었다.

— 그래서 더 잘해주려고 해요. 싫어하는 걸 들키지 않으려고.

— 하지만 아이를 싫어한다면서 왜 보육원 봉사를 왔죠?

— 이상하게 들릴지 모르겠지만, 아이를 싫어하니까 아이들이 무사히 자라서 어른이 됐으면 좋겠어요. 아이인 채로 끝나지 않고.

그렇게 말하는 성아의 표정은 어쩐지 오래된 오렌지처럼 건조해 보였다. 나는 좀 혼란스러웠다. 한편으로는 이해하고 싶었고, 다른 한편으로는 무시하고도 싶었다. 이해, 측정, 모델, 계산, 분석은 가애로서의 나만 하는 걸로도 충분했다. 가애가 아닌 나는 가볍고 무책임하고 싶었다. 이해해버리면 끝장이다. 그러니까, 나는 생각했다. 마음속에 무엇을 품었든 중요한 건 그게 어떤 태도와 행동으로 드러나느냐다. 그녀는 아이를 놀이공원에 버리고 떠날 사람처럼 보이지는 않았다. 수명이 길어지면서 한 사람이 겪는 죽음의 수도 많아졌다. 그녀의 어깨에도 아마 미라가 몇 구쯤은 업혀 있을 것이다. 누구나 봉사 활동을 열심히 다닐 나이쯤 되면 많든 적든 죽은 사람들을 짊어지고 살기 마련이다. 가끔은 결린 어깨를 풀기 위해 마사지를 받거나 무게를 좀 덜어보고자 자이로드롭을 타면서. 일반적인 진실에는 동정도 이해도 필요 없다.

내가 잠시 아무 말이 없자 그녀는 포크를 들고 케이크를 먹었다. 크게 절반으로 잘라서 자기 몫을 먹은 뒤 남은 걸 내게 내밀었다. 나는 수애와 만나지 않을 때는 단 음식은 먹지 않는다. 내가 손을 흔들어 보이자 그녀는 "맛있는데" 하고 중얼거리기는 했지만 다시 권하지는 않고 디저트를 뒤로 넘겼다. 등 뒤에서 고맙다고 하는 목소리가 들렸다.

— 이상하다고 생각하시죠?

성아가 말했다. 생크림과 체리 냄새가 풍겼다. 가애 인생의 달콤한 방해물들. 나는 고개를 저었다.

— 그럴 수도 있다고 생각해요. 싫어하기 때문에 계속하는 일도 세상엔 얼마든지 있으니까요.

— 코끼리는 생각하지 말라고 해도 코끼리를 떠올릴 수밖에 없는 것처럼요?

— 아이들이 어둠 속의 괴물을 상상하는 것처럼요.

성아가 눈을 껌뻑이더니, 내가 의외로 순수하다며 웃었다. 그녀의 눈은 놀랍도록 커졌다. 눈망울이라는 말이 이렇게 잘 어울리는 눈은 처음 본다는 말을, 나는 하지 않았다.

왁자지껄한 소리가 들리는가 싶더니 교사가 돌아와 아이들이 왔다고 알렸다. 우리는 아이들이 있는 방으로 안내되었다. 로운은 작은 놀이방에 혼자 앉아 있었다. 그게 로운이 다른 아이들과 잘 지내지 못해서인지 버디 부적응 증세가 심한 편이어서인지는 알 수 없었다. 교사가 먼저 다가가 우리를 소개했다.

— 안녕, 로운아. 오늘 너랑 놀아주러 오신 선생님들이야.

— 안녕하세요.

아이가 고개를 꾸벅 숙였다. 우리는 각자 이름과 별명을 말했다.

— 안녕, 나는 성아야. 메아리 선생님이라고 불러도 돼.

성아는 말을 일부러 더 심하게 더듬으며 말했다. 로운도 재미있었는지 그녀의 말을 따라 하며 웃었다. 말을 더듬는데도 답답하지 않고 유쾌한 느낌을 주는 게 대단하다고 생각했다. 한편 내 별명은 반응이 별로였다. 나는 명탐정이라고 소개했는데, 요즘 애들 사이에서 탐정은 인기가 떨어진 것 같았다.

생각 이어 말하기 게임쇼 중 가장 유행했던 것이 탐정 기믹을 활용한 〈마인드 헌터〉여서 내 또래들은 어릴 적에 지난 세기의 탐정 캐릭터들을 꿰고 살았는데, 요즘 어린애들은 그렇지 않은 모양이었다. 〈명탐정 코난〉 이후로 제대로 된 히트작이 없다고, 모드가 뒤늦게 귀띔했다.

로운이 전자 조립 키트를 가지고 놀고 싶어 해서 우리는 전기로 움직이는 티라노사우루스 장난감 조립을 도왔다. 하지만 로운은 거의 모든 단계에서 자신감 없이 멈칫거리며 혼란스러운 표정을 지었다. 마치 왜 자기는 우주에 나가지 못하고 빙글빙글 돌기만 하는지 의문을 품은 우주선 놀이기구를 보는 기분이었다. 아이의 신상 정보에는 아홉 살이라고 적혀 있었는데, 아홉 살치고는 인지능력이나 반응속도가 모두 안 좋았다. 우리가 의사였다면 장비를 활용해서 아이의 명상 공간을 엿볼 수도 있었겠지만, 민간에 그런 의료기기가 있을 리도 없고 있다고 해도 비의료인에게 그걸 쓰게 해줄 리도 없었다. 나는 아이와 놀아주며 성아를 힐끔거렸다. 다행히 아이를 해코지하려는 듯한 낌새는 없었다. 그녀의 표정에 드러나는 건 순수한 걱정과 애정뿐이었다.

— 버디 없이는 못 만드는 건가 봐.

로운은 장난감을 옆으로 치워버리고 투덜거렸다. 모드가 부정적 감정에 반응해 습관적으로 표정 분석 프레임을 띄웠다. 분노 20퍼센트, 짜증 30퍼센트, 무력감 30퍼센트, 슬픔 20퍼센트. 피해의식을 드러내는 전형적인 지표였다. 아홉 살 때부터 저러는 걸 그대로 뒀다가는 나중에 분명 불행해질 것이다. 당신의 과녁°을 향해 화살은 반드시 쏘아지기 마련이다. 하지만 화살에 맞는 고통 그 자체보다 과녁을 보며 두려움에 떠는 일이 더 큰 형벌이다. 적어도 우리 가족에게는 그랬다.

나는 아이가 명상을 실행하도록 부추겼다.

— 눈앞에 뭐가 보이니?

나는 처음 버디를 사용했던 때를 떠올리며 물었다. 내게 처음 나타난 버디의 형상은 경전의 모습이었고(나는 그 당시 로버트 랭던의 팬이었다), 나는 주문을 외우듯 혹은 기도하듯 명상 공간 설정을 무난히 마칠 수 있었다. 아이에게도 분명 어떤 매체가 떠올랐을 텐데, 다만 그 매체의 조작 방법이 익숙하지 않은 것뿐인지도 몰랐다.

— 눈앞이 빙빙 돌고 무지개색이에요.

아이는 나도 성아도 아닌 허공을 보고 이야기했다. 앞이 보이지 않는 것 같았다. 나는 다시 물었다.

○ 주께서 꿈으로 나를 놀라게 하시고 환상으로 나를 두렵게 하시나이다. [⋯⋯] 어찌하여 나를 당신의 과녁으로 삼으십니까? 어찌하여 내가 당신께 짐이 된단 말씀입니까? 〈욥기〉, 7장 14, 20절.

— 버디를 쓰지 않을 때도 계속 그러니?

— 아니요. 쓰지 않을 때는 괜찮은데, 이상하게 버디랑 이야기하려고만 하면 자꾸 눈앞이 이상하게 변해요.

아이는 고개를 빙글빙글 돌리며 말하다가 갑자기 벌떡 일어났다. 아이는 손으로 입을 틀어막고 교실에서 뛰쳐나갔다. 성아가 반사적으로 따라 일어났지만, 교사가 아이를 인솔하는 걸 보고 다시 자리에 앉았다.

— 우리가 함부로 건드릴 만한 게 아닌 것 같은데요…….

성아가 말했다. 그녀는 말을 심하게 더듬었다. 불안 100퍼센트. 나도 동의했다. 봉사 활동은 게임쇼도, 지능범과 벌이는 밀실 트릭 대결도, 신이 미리 정해둔 시련도 아니다. 우리 앞에 놓인 문제를 반드시 풀 수 있을 거라는 보장은 어디에도 없고, 잘못된 개입은 사태를 완전히 망쳐놓을 수도 있다. 특히 그 대상이 아이일 경우, 그건 돌이킬 수 없는 일이 될 수도 있다. 나는 다른 교사를 부르기 위해 주변을 둘러보았다. 발을 빼려면 아이가 없는 지금이 적격이었다. 보육 교사 하나가 멀지 않은 곳에서 우리를 보고 있었다. 불안 80퍼센트, 기대 20퍼센트. 잔뜩 긴장했는지 승모근이 눈에 띄게 올라가 있었다. 교사는 나와 눈이 마주치자 희미하게 웃어 보였다. 잠시 후 다시 보니 그는 다른 방을 들여다보고 있었다. 나는 손을 들려던 마음을 접었다. 원생 카드까지 일일이 만

들어 나눠 주는 보육원이 고작 병원비나 좀 아껴보자고 이럴 것 같지는 않았다. 병원은 병을 고치는 곳이다. 반대로 말하면 병이 아닌 것은 고치지 못한다는 뜻이다.

나는 성아에게 속삭였다.

— 조금만 더 해보죠. 정말로 심각한 문제면 봉사자에게 맡길 게 아니라 병원에 데려갔겠죠.

— 아이의 버디 설정을 함부로 조작하는 건 위험해요. 누구도 타인의 머릿속에서 무슨 일이 일어나는지 알 수 없고, 책임질 수도 없다고요.

성아가 조금 전보다 더 심하게 말을 더듬었다. 그녀의 말이 전적으로 옳았다. 나는 우선 그걸 인정했다. 하지만 내게는 이상하게 마음에 걸리는 게 있었고, 그 가설을 확인하기 위한 위험하지 않은 방안이 있다고도 말했다. 성아는 끄덕이면서도 여전히 불안한 표정을 풀지는 못했다. 그녀의 눈동자가 회전 티컵처럼 빙글빙글 돌았다. 그녀는 짧은 한숨을 토했다. 놀랍게도 체리의 단내가 아직 남아 있었다.

— 문제가 생길 것 같으면 바로 교사를 부를 거예요.

— 그게 정확히 내가 바라는 바입니다.

우리가 결연하게 합의를 본 게 무색하게 로운은 한참 후에 돌아왔다. 화장실에 갔다가도 어지럼증이 멎지 않아 타이레놀을 먹고 돌아온 거라고 했다. 혼자인 걸 보니 명상을 끄면 문제가 없다는 말은 사실인 것 같았다. 나는 내 가설에 확신을 더했다. 버디는 뇌세포 간의 연결을 극대화하는 고밀도 MC칩으로 뇌의 사용 용량을 늘리고 사용자가 두뇌 작용을 직접 통제할 수 있도록 매개한다. 말하자면 인터넷 브라우저와 같다. 브라우저 없이 인터넷을 쓰려는 사람은 배 없이 정보의 바다 앞에 선 항해자나 마찬가지다. 물고기를 잡는 건 고사하고, 그러다 만약 무인도에 갇힌다면 빠져나갈 방법도 없다. 지금 아이에게 필요한 건 사라진 노 혹은 돛을 찾는 일이다. 나는 아이의 카드에 적혀 있던 내용을 다시 한번 떠올려보았다. 입양 가정 불명, 학습 능력과 언어 능력 낮음, ADHD 의심······.

— 버디가 하는 말을 알아듣니?

로운은 마치 죄를 지은 것처럼 꼼지락거릴 뿐 대답하지는 않았다. 그것만으로도 나는 이미 답을 들은 거나 마찬가지였지만, 아이와 대화할 때는 대화의 중간 다리를 생략해서는 안 된다. 차근차근 이어지지 않는 대화는 꼭 잠언처럼 들리기 마련이고, 아이들은 잠언으로 평생 무너지지 않을 무시무시한 귀신의 신전을 짓는다. 내 아이, 산이 그랬던 것처럼.

— 버디에게 말을 걸면 버디가 대답하니?

— 네.

로운은 이번에는 자신 있게 대답했다. 어리지만 벌써 희미하게 그어진 구김살. 뭐 보육원에 있는 아이가 누가 안 그렇겠냐마는 안타까운 건 어쩔 수 없었다. 나는 심호흡을 한 번 했다. 성아가 고개를 끄덕였다. 아이의 마음을 사는 데는 게임이 최고다.

— 지금부터 탐정 놀이를 할 거야. 잘만 따라오면 네 버디를 괴롭히는 범인을 잡을 수 있어. 같이 해볼래?

로운은 하겠다고 대답했다. 이제 문책은 끝났고 게임이 시작된다고 여겼는지 목소리가 한층 밝아졌다.

— 명상을 켜고, 내가 하는 말을 똑같이 따라 하면 돼. 할 수 있지?

세상에는 약 6,000개의 언어가 있지만, 사용자 수가 유의미하게 많은 언어만 따지면 200개도 되지 않는다. 버디를 이용하면 언어를 전혀 몰라도 실시간으로 구사할 수 있다.

— 重置所有设置.

내가 말했다.

— 종즈 쉬유 서쯔.

로운이 더듬더듬 따라 했다.

'모든 설정을 초기화해줘'라는 말이었다. 나는 사용하는 사람이 많은 언어에서부터 적은 언어 순으로 말을 이어나갔다.

— सभी सेटिंग्स को रीसेट.

내가 말했다.

— 사브히 세팅스 코 르이세트.

로운이 따라 했다.

버디가 타인의 명령을 듣게 하려면 복잡한 보안 해제 작업이 필요한데, 그걸 아이가 할 수 있을 리 없으니 이게 최선이었다.

— Restablecer todos los ajustes.

내가 말했다.

— 레스타블레세르 토도스 로새후스테스.

로운이 따라 했다. 어지러운지 고개를 빙빙 돌려댔다. 교사가 이쪽을 주시하고 있었다. 나는 내 짐작이 맞았기만을 바랐다. 감당 못 할 일을 벌일 생각은 없었다.

쉰 번째 언어는 루마니아어였다.

— Resetează toate setările.

내가 말했다.

— Resetează toate setările.

로운이 따라 했다.

— Tetapkan semula semua tetapan.

내가 말했다.

로운은 따라 하지 않았다.

— 로운아?

나는 아이의 어깨를 잡고 흔들었다. 아이는 눈을 감고 있었다. 성아가 손을 번쩍 들고 교사를 불렀다.

— 괜찮아?

교사가 체구에 비해 믿을 수 없을 만큼 목소리가 컸다. 교사는 마치 알을 지키는 공룡처럼 재빨리 다가왔다. 그때, 로운이 눈을 번쩍 떴다. 그리고 나를 똑바로 바라보았다.

— 동화책이 보여요! 이상한 그림이 있어요!

나는 다리에 힘이 풀려 바닥에 주저앉았다. 이제는 오히려 내 시야가 빙글빙글 도는 것 같았다. 아이에게 황망히 이것저것 물어대던 교사는 잠시 후 정신이 들었는지 나와 성아에게 감사하다고 연신 인사했다. 그가 아이의 얼굴을 연신 문질러 대는 걸 보고 있자니 아이 본인보다 교사가 더 기뻐하는 것 같기도 했다. 아니, 분명히 그랬을 것이다.

교사는 약소하지만 작은 보상이라도 주고 싶다고 원하는 게 있으면 말해달라고 했다. 성아는 당연하게도 손사래를 치며 거절했다. 그러나 내게는 필요한 게 있었다.

내가 말했다.

— 아까 디저트 남은 거 있나요?

아이가 까르르 웃었다.

— 원래 남은 간식은 우리끼리 나눠 먹어요. 탐정이 그것도 몰라요?

로운의 부모는 루마니아인이었던 모양이다. 내가 처음에 느낀 이국적이라는 인상은 사실이었다. 한국에서는 거의 보이지 않는 얼굴형이었기에 나는 아이의 부모가 혹시 외국인은 아닐까 의심했다. 평소 수애를 찾기 위해 수많은 프로필을 보는데, 그 덕을 이런 식으로 보다니 참 아이러니가 아닐 수 없다. 가애에게 가장 중요한 건 선구안이고, 나는 부유하고 외로운 수애를 찾을 확률을 높이기 위해 뭐든지 배웠다. 미신에 가까운 머리 골격 성격론과 관상도 그중 하나였다.

하얀 가운을 입은 보건 교사가 아이를 데리고 가 이런저런 검사를 하는 동안 우리는 원장에게 불려가 이야기를 들었다. 넓지 않은 원장실 안에는 부드러운 소파와 낮고 긴 커피 테이블이 있었다. 커피 테이블 위에는 싸구려 과자와 초콜릿이 있었다. 투 더 문에서 준 간식은 이미 다 먹었다고 했다.

원장이 파악한 대략의 자초지종은 이랬다. 이유가 트라우마였든 뭐였든 로운이 내심 한국어보다 루마니아어를 더 가깝게 여겼기에 버디는 루마니아어를 구사했다. 그것 때문에 초기 세팅이 이상하게 꼬여버렸다는 간단한 이야기다. 버디의 피드백을 알아듣지 못하니 아이가 스스로 세팅을 바꿀 수 없어서 일이 커진 것뿐이다. 버디의 기본 매체가 안 좋았던 것도 한몫했다. 명상을 처음 실행하면 버디는 개인에게 가장 편안함을 느끼는 매체의 형태로 나타나는데, 아이의 경우에는 그게 루마니아어로 쓰인 그림책이었다. 언어는 몰라도 그림은 보이니까, 아이는 자기가 뭘 모른다는 사실도 모른 채 버디를 마구잡이로 조작하게 되었고, 모든 게 뒤범벅이 된 상태로 오늘에 이른 것이었다.

모든 문제가 그렇듯 풀고 나니 헛웃음이 나올 정도로 간단한 일이었다. 내 겸연쩍은 손사래에도 불구하고 원장은 감사하다며 연신 내게 고개를 숙였다. 정밀 검사를 받을 돈은 없었고, 그렇다고 중급 병원에서 진단하는 걸로는 병명이 나오지 않아 치료도 지원도 막막했다는 것이었다.

— 발달장애를 제외한 버디 관련 질환이 다 비보험 정신과 항목인 건, 정말 말도 안 된다고 생각합니다.

암행어사쯤 되는 사람에게 하소연하는 말투여서 나는 좀 민망했다. 게다가 소문이 어찌나 빨리 도는지 우리가 원장과 대화하는 30분도 안 되는 시간 동안 교사들이 한 명씩 찾아와 감사 인사를 전했다. 인사야 머리 좀 긁으며 고개 숙이면 될 일이었지만, 문제는 그들이 마치 배고픈 손주를 본 할머니처럼 내 손에 먹을거리를 하나씩 쥐여주었다는 점이었다. 나는 차마 그것들은 거절하지 못했고 커피 테이블 위에는 간식거리들이 돌무더기 무덤처럼 쌓였다. 내가 곤란해하는 걸 보면서 성아는 깔깔 웃었다. 긴장이 풀리기는 그녀도 마찬가지였던 모양이다.

보건실에 가보니 로운은 버디를 가지고 노느라 여념이 없었다. 마치 지금까지 잃어버린 시간을 벌충하기라도 하려는 듯 열심이었는데, 아직 속으로만 말하는 건 어려운지 자꾸 자기가 꿈꾸는 바를 공개했다. 나는 옆에서 들려오는 로운의 말을 들으며 그가 어떻게 명상 공간을 구성하는지 상상했다.

— 티라노사우루스도 할 수 있어?

— 화산이 보여야 하고, 바다도 필요하고, 익룡도 날아다녔으면 좋겠고…….

— 탐정도 꼭 있어야 해!

언젠가 로운은 철이 들면서 명상 공간을 다시 짜게 되겠지만, 당분간은 마음껏 꿈을 꾸게 놔둬도 좋을 것 같았다.

— 오늘 고생하셨어요.

— 고생이라뇨, 그냥 운이 좋았죠.

겸양이 아니라 나는 정말로 그렇게 생각했다. 봉사 활동 중에 이런 문제적인 상황에 부닥치는 경우는 무척 드문데, 그 수만 번 중의 한 번이 오늘 터진 것뿐이다. 하지만 성아는 그렇게 생각하지 않는 모양이었다.

— 아녜요. 정말 대단해요. 저는 몸이 굳어서 아무것도 못한걸요.

성아는 그렇게 말하면서 내가 담배를 피우러 나가는 데 따

라 나왔다. 굳이 안 그러셔도 된다고 만류했지만 그녀는 어차
피 요즘의 뉴 스모크는 순수 니코틴에 가까우니 간접흡연은
상관없다고 너스레를 떨었다. 게다가 자기가 향수를 가지고
다니니 담배 냄새를 빼는 데도 도움이 될 거라고 했다.

— 거의 냄새 안 날걸요.

내가 그렇게 말하자 그녀는 혀를 찼다. 흡연자들은 잘 모
르는 냄새가 있다며 이따가 뿌려줄 테니 잠자코 있으라고 했
다. 뭔가 이상했다. 큰일을 겪고 나서 긴장이 풀린 건지는 몰
라도 성아의 태도에는 아까까지는 없던 사근사근함이 곁들
여져 있었다.

건물 밖으로 나와서도 성아는 자꾸 내게 말을 붙였다. 그
녀는 박물관 사건에 관해 아느냐고 물었고 나는 모른다고 했
다. 그녀는 크게 이슈가 되지 않아서 사람들이 잘 모르는데,
자기가 생각하기에는 희대의 사건이었다며 갑자기 이야기를
풀어내기 시작했다.

그녀의 말에 따르면 대략 다음과 같았다.

재작년 국립중앙박물관에 있던 전시품의 수는 1,293점인
데, P라는 사람이 전시품을 전부 세어보고는 실제로는 그것
보다 작품이 다섯 점 더 많이 전시되어 있다는 걸 발견했다.
그는 해당 사안을 박물관에 문의했다. 큐레이터가 답을 주었
는데, 기록된 작품 수와 실제로 전시하고 있는 작품 수는 맞

지 않을 수도 있다는 게 요지였다. 그때까지만 해도 P는 그러려니 하고 넘어갔다. 그런데 해가 넘어가니 전시품의 수가 1,298점으로 정확히 작년의 오차만큼 수정되었다.

호기심을 느낀 P는 박물관에 여러 차례 방문했고, 놀라운 결과를 얻었다. 1월 3일에 방문했을 때는 전시품의 수가 박물관에서 공지한 것과 정확히 일치했으나, 3월 5일에 재방문했을 때는 한 점이 늘어 있었고, 다시 7월 12일에 들렀을 때는 세 점이 늘어나 있었다. 그러는 동안 박물관의 전시품 공지는 전혀 변하지 않았고, 공시된 기록에 따르면 그 사이 소장품을 거래한 흔적도 없었다.

P는 박물관에 이러한 사실을 다시 문의했다. 이번에는 큐레이터도 이상함을 느낀 듯 스스로 작품 수를 다시 세어보았고, 정말로 숫자가 맞지 않는다는 걸 깨달았다. P는 큐레이터와 함께 카탈로그를 들고 작품들을 하나씩 대조해보았고, 그 결과 카탈로그에 속하지 않는 전시품이 무려 예순 점이나 된다는 걸 알게 되었다.

— 좋은 일 아닌가요? 어쨌든 작품을 도난당한 것도 아니고 늘어난 거잖아요.

내가 물었다. 그러나 성아는 그런 단순한 문제가 아니라고 말했다. 나는 담배를 하나 더 꺼내 물고 불을 붙였다. 성아가 가방에서 작은 향수를 꺼내더니 내게 칙칙 뿌렸다. 시큼한 오렌지 향이 났다.

성아는 계속 말했다.

이상한 점은 카탈로그에 속하지 않는 전시품이 모두 조각이었다는 것이다. 더 구체적으로는 모두 사람 형상의 전신 조각이었다. 이런 명백한 경향성은 둘의 의심을 사기에 충분했고, P와 큐레이터는 해당 작품들의 정보를 비교 검토한 끝에 그 모든 작품이 실제로 존재하지 않는 작품이라는 것을 밝혀냈다. 그들은 흥분했다. 누군가 잊힌 작품들을 이런 장난기 어린 방식으로 기부했다고 생각했다. 그들은 평론가와 감정사를 불러 작품들에 정당한 역사적 지위를 찾아주자는 것으로 합의를 봤다. 그러나 일의 실상은 그들이 기대한 것과는 전혀 달랐다.

P와 큐레이터는 작품들을 눈으로 보고, 헤아리기는 했지만 옮기거나 건드린 적은 없었다. 감정사는 처음으로 조각상들에 손을 댄 사람이었다. 감정사는 조각상을 건드리자마자 위화감을 느꼈다고 한다. 조각상은 차갑지 않고 따뜻했다. 게다가 미세하지만 조금씩 떨리고 있었고, 감정사가 손을 오래 대고 있으면 약간의 수분이 묻어 나오기도 했다. 감정사가 말했다.

— 연대 측정을 해보아야겠습니다.

연대 측정을 위해서는 작품을 조금 떼어내야 했다. 감정사가 끌과 망치를 가지고 작품을 건드린 순간, 끌이 닿았던 부위에서 비린내가 나는 붉은 액체가 나왔고, 조각은 비명을 지르며 도망쳤다.

셋은 도대체 무슨 일이 일어난 건지 이해하지 못하고 한동안 멍하니 서 있었다. 하지만 이 일에 가능한 설명이 단 하나밖에 없다는 결론을 내리는 데는 그리 오랜 시간이 걸리지 않았다. 그리고 그건 조각상들에게도 마찬가지였다. 큐레이터와 P, 감정사는 패닉에 빠져 도망치는 쉰아홉 점의 조각상을 망연자실하게 바라보는 수밖에 없었다.

— CCTV를 뒤져보니까 조각상들은 밤이면 몰래 탕비실에서 음식도 빼 먹고 서로 수다도 떠는 등 아예 작은 사회를 이루고 살았다고 하더라고요.

나는 어느새 빠져들어 담배를 다 피우고도 이야기를 듣고 있었다. 그녀의 이야기는 로제 젤라즈니의 한 단편과 좀 비슷했는데, 오히려 그렇기 때문에 꾸며낸 이야기가 아니라 현실처럼 느껴졌다. 내가 물었다.

— 그자들이 누구였는지는 밝혀졌나요? 왜 그런 짓을 한 거죠?

성아가 대답했다.

— 장기 구독 기간이 얼마 안 남은 사람들이었대요. 어차피 죽을 거 인생의 마지막을 의미 있게 보내고 싶어서 스스

로 예술 작품이 되기로 했다나 봐요. 보통 장기 구독 만료는 자정이니까, 누군가 죽으면 다른 조각상들이 정체가 탄로 나지 않도록 뒷수습을 했고, 나중에는 아예 곧 죽을 사람의 자리를 넘겨받을 후임도 뽑았다고 하더라고요.

— 별일이 다 있군요.

나는 정말로 그렇게 생각했다. 이런 이야기를 들으니 가애는 지극히 평범한 인생의 방식일지도 모른다는 기분이 들었다. 어쩌면 그게 그녀가 이 이야기를 한 목적인지도 몰랐다. 그 뒤로 이어지는 대화 때문에 더더욱 그런 느낌을 받았다.

— 재미있죠?

성아가 물었다.

— 재미있네요.

내가 대답했다.

— 그럼 저랑 커피 한번 마셔줘요. 이야기는 얼마든지 있으니까요.

7

예전엔 어땠는지 모르겠지만 커피 한잔하자는 건 요즘 중
장년층 사이에서는 가장 적극적인 플러팅 중에 하나로 통한
다. 바로 커피 토크를 하자는 의미이기 때문이다. 커피 토크
는 커피 한잔 마시는 시간 동안 서로의 이런저런 조건을 확
인하고 더 깊은 관계를 맺을지 그러지 않을지 결정하는, 말하
자면 서로가 서로를 시험하는 진검승부의 자리다.

성아는 가애였다. 가애들은 자기가 가애라는 사실을 절대
로 먼저 밝히지 않기에 매켄지 같은 큰손을 통해 서로 알게
되는 게 아니고서는 서로의 정체를 모른다. 심지어 동성이라
도 그건 변함이 없다. 가애 중에는 정말 급하면 남자든 여자
든 가리지 않는 사람이 많고, 사실 나도 그런 사람 중 하나
다. 태도나 어법, 접근 방식을 볼 때, 그녀는 가애가 확실했다.

나는 예상치 못한 이야기를 들은 사람처럼 혼이 빠진 연기를 하며 시간을 벌었다. 어떻게 할까. 그녀는 아직 내가 누진 2단계라는 걸 모른다. 내가 죽으려면 시간이 꽤 남았을 것이고, 그때가 오더라도 재산이 넉넉할 가능성은 거의 없었다. 반대로 나로서도 그녀에게 투자할 시간을 다른 수애에게 투자하는 게 현명했다. 우린 서로에게 시간 낭비에 불과했다. 그러나 이상한 충동이 일었다. 내가 아는 가애 중에 말을 더 듣는 사람은 없었다. 처음 만난 사람에게 아이를 싫어한다고 할 사람도 없었다. 무엇보다도 나는 수애가 되어본 적이 없었다. 나는 그녀가 어떻게 수애를 대하는지 보고 싶었다.

— 한동안 일정에 여유가 있기는 합니다. 좋은 일은 아니긴 합니다만.

모드가 시키지도 않은 보고를 했다. 그러는 사이에도 시간은 흘렀고, 그녀가 다시 물었다.

— 커피 싫어요?

나는 어떻게든 될 거라는 심정으로 커피 토크를 수락했다.

성아와는 3일 뒤에 다시 만났다. 보통 커피 토크는 일부러 시끌벅적한 카페에서 진행하기 마련인데, 그녀가 보낸 주소에 가보니 조용하고 작은 카페가 나왔다. 테이블마다 따뜻한 색감의 식탁보가 깔려 있었고, 스피커에서는 뉴에이지 피아

노곡이 흘러나왔다. 우리가 하는 말이 다른 테이블 사람들에게나 점원에게나 다 들릴 것 같았다. 좋은 선택이 아니라고 조언해주고 싶은 마음이 굴뚝같았지만, 나는 나오기 전에 이미 그녀가 어떻게 하든 다 두고 보자고 마음을 먹은 채였다.

우리는 보육원에서 말을 놓았고, 그 과정에서 서로의 나이도 알게 되었다. 성아는 나보다 스무 살 이상 어렸다. 그녀는 내가 너무 젊어 보여서 상상도 못 했다면서 나만 말을 놓는 것으로 되었다. 서하 덕을 이런 식으로 보게 될 줄은 몰랐지만, 생각해보면 나는 언제나 죽은 이가 남긴 것들로 살아왔다.

성아는 먼저 와서 기다리고 있었다. 그녀는 자기가 더 어리다는 걸 강조하기라도 하려는 듯 화려한 원피스에 카디건을 입고 나왔다. 나는 보육원에 가던 날보다 적극적으로 머리를 만지고, 세미 정장을 차려입었다. 웬만해선 먹히는 무난한 선택이었지만 막상 마주 앉고 보니 무게감이 맞지 않아서 재킷은 그냥 벗어두기로 했다.

— 나와주셔서 감사해요.

성아는 정석적인 인사말로 대화를 시작했다. 좋은 시작이다. 예의 바르다는 인상을 줌과 동시에 어설픈 칭찬보다는 훨씬 자연스럽게 분위기를 풀어나갈 수 있다. 나는 애써 리드하려고 하지는 않으면서 그렇다고 너무 퉁명스럽지는 않게 그녀가 이끄는 화제를 자연스럽게 따랐다. 성아의 이야기는 3일 동안의 시시콜콜한 근황을 거쳐, 자연스러운 칭찬과 호감 표시로 이어졌다. 전형적인 가애의 방식이었다. 수애로는 재산은 많지만 외로운 사람을 고르는 게 정석이다. 따라서 확실하지만 작위적이지 않은 호감 표현은 필수다. 보육원에서 대화할 때는 의뭉스러운 말을 늘어놓아서 놀랐는데, 어쩌면 그녀 역시 나와 별반 다르지 않은 평범한 가애에 불과한지도 몰랐다. 하지만 시간이 지날수록 나는 뭔가 이상하다는 사실을 깨달았다. 그녀는 도통 커피 토크를 시작하지 않았다.

그녀가 새로운 화제로 커피에 관한 이야기를 꺼냈을 때, 내가 물었다.

— 커피도 좋지만, 아직 우리 서로에 대해 너무 모른다는 생각이 들지 않아?

성아는 잠깐 멈칫하더니, 도발적인 미소를 지었다.

— 어머, 혹시 커피 토크를 생각하고 나오신 거예요?

당혹스러웠다. 나는 습관적으로 턱 뒤쪽에 힘을 주고 미소를 지었다. 그러나 기분이 나쁘지는 않았다. 그녀는 나를 궁지로 몰아붙이기보다는 그저 장난을 치고 싶어 하는 것처럼 보였다. 장난, 거짓말, 도발, 농담. 어깨가 조금 가벼워지는 느낌이 들었다.

— 그럴지도 모른다고 생각했지. 오리발 내밀 나이는 지났

잖아.

그녀는 잠깐 주변을 둘러보더니 몸을 앞으로 기울였다. 향수로서는 흔치 않은 망고 향이 났다. 3일 전에는 오렌지, 이번에는 망고. 주말농장에서 기념품이라도 잔뜩 사 온 걸까. 요새는 대구에서 망고를 키운다던데.

— 자리를 옮길까요? 여긴 너무 조용하잖아요.

성아가 말했다. 그럼 그렇지. 한국은 이 정도 기본도 안 된 가애가 살아남을 수 있을 만큼 만만한 나라가 아니다.

우리는 스타벅스로 자리를 옮겼다. 사람이 많아서 소란스러운 데다가 종업원이 자꾸 주문자의 별명을 불러대는 탓에 다른 테이블에서 무슨 이야기를 주고받는지 거의 들리지 않는 곳이었다. 우리는 전형적인 커피 토크를 했다.

— 장기 구독은 누진 1단계겠지?

— 네. 2단계이신가요?

— 안타깝게도.

— 괜찮아요. 저 집은 있는데, 언니랑 같이 살아요. 차는 없고요.

— 30평, 자가. 차도 한 대 있고. 모아둔 돈은?

— 많진 않아요. 이것저것 합치면 6억 정도.

— 그렇군. 나는 아슬아슬하게 8억쯤.

— 저보단 낫네요. 일은 해요?

— 뭐, 가끔 아는 사람을 통해서 조금씩.

— 부럽다. 저는 완전히 경력 단절이에요.

— 담배 안 하는 건 알고, 술은 하나?

— 해요. 그리고 아시다시피 상대가 담배를 피우든 말든, 돈 마인드.

— 둘 다 많이는 안 해.

— 상관없다니까요. 성 지향은요?

— 거의 헤테로. 섹스도 문제없고.

— 저는 100퍼센트 헤테로예요. 못 먹는 건 있어요?

— 먹어본 것 중엔 아직 없어.

— 저는 고기는 좀 별로예요.

— 비건?

— 그냥 잡내 나는 걸 싫어해요. 양념한 고기는 잘 먹어요.

— 다행이네. 케톤식을 선호해서.

— 건강 문제가 좀 있나요?

— 그냥 벌점을 먹고 싶지 않을 뿐이야. 취미나 같이 하고 싶은 일은?

— 제가 즉흥적인 성격이라서 때가 되어봐야 알 것 같네요.

— 그럴 수 있지. 아이는?

— 없고, 낳고 싶지도 않아요.

— 좋군. 나도 그래.

— 유온 씨랑은 잘 맞을 것 같아요. 좋아해요.

— 이유를 물어봐도 될까?

— 믿음직한 사람인 것 같아서요. 유온 씨는 저 어때요?

— 세 번 만나보고 판단하는 건 어때?

— 좋아요. 첫날이 오늘이라도 괜찮아요?

— 나쁠 거 없지.

대화는 이렇게 마무리되었고, 우리는 약속이라도 한 듯 남은 커피를 들이켜고 자리에서 일어났다. 내가 물었다.

— 계획은 있어?

— 잠자코 따라와요.

성아가 말했다.

역시 준비해 온 것이 틀림없었다.

우리는 커피숍에서 나와 걸었다. 성아가 한 발짝 앞서 걸었지만, 대화를 나누는 데는 문제없었다. 그녀는 걸음을 멈추지 않는 방식으로 걸었다. 빨간불이 막아서면 걸음이 이끄는 쪽으로 방향을 틀었고, 파란불이 보이면 길을 건넜다. 우리는 광장과 큰길을 가로질러 골목으로 들어갔다가 어느새 다시 큰길을 따라 걷고 있었다. 같은 카페 앞을 두 번 지나고 나서야 나는 그녀에게 별다른 계획이 없거나, 계획이 있다고 하더라도 시간을 흘려보내는 것 또한 계획의 일부라는 사실을 깨달았다.

그녀는 보이는 것은 무엇이든 대화 소재로 삼았다. 그녀는 모델하우스를 보고 그 안에 마감 시간까지 숨어 있을 수만 있다면 거기서 살 수 있겠냐고 질문했다. 나는 모르겠다고 답했다. 음각으로 사과 로고가 새겨진 세단이 지나갔다. 그녀는 해당 브랜드의 차량이 개발 초기까지 영하 50도 이하의 한파가 오면 시동이 꺼져버리는 문제가 있었다는 걸 아는지 물었다. 나는 그것도 몰랐다고 답했다. 그러다 우리는 도서관 주변을 한 바퀴 돌았는데, 그녀는 도서관에서 책을 훔치는 열일곱 가지 방법에 관해 이야기했다. 가령 책 표지 뒤에 붙은 네모난 스티커를 떼어내 구기면 출입구의 도난 방지 센서가 인식하지 못한다는 식이었다. 그녀는 만일을 대비해 반드시 두 번 이상 접어야 한다며 손을 꼼지락거렸다. 내가 실제로 해본 적이 있냐고 묻자 그녀는 그렇다고 했다.

— 도서관에 있는 책은 영원하지 않아요. 찾는 사람이 적으면 보존 서고로 가고, 보존 서고에서도 찾는 사람이 없으면 폐기되죠. 폐기될 아이들을 입양한 거예요. 사겠다고 해도 팔지 않으니까, 훔치는 수밖에 없어요.

— 어차피 아무도 안 읽는 책이라면 사라져도 상관없지 않아?

내가 말하자, 성아는 눈을 동그랗게 떴다. 그녀의 눈은 놀라울 만큼 커져서 마치 물방울 같았다.

— 미래는 아무도 모르는 거니까요. 존재에 이유를 붙여서는 안 된다고 생각해요.

그녀는 내게 도서관에 찾는 책이 없어서 곤란했던 적은 없었냐고 물었다. 나는 책은 꼭 사서 본다고 말했다.

— 도서관에 있는 고전에는 꼭 이상한 밑줄이 있어.

나는 어깨를 으쓱해 보였다. 성아가 뭔지 알겠다며 웃었다.

성아는 내가 어떤 말을 들었을 때 기분이 나쁠지, 좋을지, 어떤 질문이 어떤 대답을 끌어낼지를 전혀 생각하지 않는 것 같았다. 그녀는 민망한 이야기든 곤란한 이야기든 가리지 않고 했다. 나는 첫 데이트에서부터 상대의 사소한 화장실 습관이라든지, 술을 진탕 마시고 일어난 엽기적인 사건에 관해 알고 싶지는 않았다. 그렇다고 내가 그녀에게 나쁜 인상을 받았다는 뜻은 아니다. 나는 오히려 봉사할 때처럼 마음이 편했다. 그녀는 자기 이야기를 마치 다른 사람의 사연인듯 말했다. 엉뚱한 상상을 풀어놓는 와중에 자기 이야기가 자연스럽게 섞여서 그런 것 같았다. 그녀의 언어는 둔감하다기보다는 투명하다는 느낌을 주었다. 나는 그녀가 다른 수애들과도 이렇게 대화할지 궁금했다. 이런 대화를 설계하는 건 불가능하다. 상대방의 성향도 모르는데 자기에 대해 늘어놓는 건 위험하다. 성향은 타협하거나 설득할 수 없다.

가볍군. 첫 카페에서 커피 얘기를 하지 못한 게 아쉽기라도 한 듯 원두의 종류에 관해 주워섬기는 그녀를 보며 나는 생각했다. 성아는 꼭 둥둥 떠오를 것만 같았다. 수애든 가애든 소비해버릴 수 있는 가장 가치 있는 건 시간이다. 지금까지 수애들을 만나면서 나는 그들의 시간을 아껴주기 위해 늘 노력했고, 그들도 내가 그러기를 원했다. 우리는 허겁지겁 돈을 낭비했고, 즐거움을 찾았다. 강이 빨리 바다에 닿기 위해 폭포가 되듯이 미래를 생각하기보다는 우선 몸을 던졌다. 물보라가 만드는 안개 속에서는 바다 저편에 지는 해가 보이지 않는 게 좋았다. 하지만 이렇게 걷고 있으니, 마치 이 낮이 영원히 지속될 것 같은 기분마저 들었다.

— 20대로 돌아간 것 같지 않아요?

성아가 문득 말했다. 나는 고개를 끄덕였다. 그러고 보면 그랬다. 우리는 마치 젊은이처럼 굴고 있었다. 임플란트 덕분에 몸에도 별 이상이 없었고, 무기력하지도 않았다. 임플란트 장기가 세상에 등장하기 이전 시대의 노인들은 세월만큼 침식된 몸을 이끌고 몇 킬로미터를 무작정 산책할 수 없었을 것이다. 우리에게는 몸 안에 새겨진 시간이 존재하지 않는 것 같았다. 어쩌면 이 시대의 노화란 세금과 기억만으로 존재하는 건지도 몰랐다.

— 20대 때 어떻게 지냈길래?

내가 물었다.

— 두근거리면서 시간을 낭비했죠.

— 복 받은 20대였던 모양이네.

— 그렇지만도 않아요. 우리는 우리에게 남은 일자리는 아무것도 없을 거라고 믿으면서 자랐어요. 건강 점수 덕분에 출생률이 올라가기는 했지만 그만큼 평균수명도 늘었으니까요.

— 실제로는 어땠지? 취직은 언제 했어?

— 놀랍게도 대학을 졸업하자마자 했어요. 젊은이가 유리한 분야가 있긴 하더라고요. 맞춰볼래요? 버디는 쓰지 말고요.

나는 잠깐 고민해보았다. 모드가 심심한지 콧노래를 불렀다. 〈Raindrops Keep Fallin' on My Head〉였다. 버디는 의식하지 않을 때는 자연스럽게 작동하지만, 의식하기 시작하면 성가셔진다. 마치 당신은 지금부터 숨 쉬는 것을 의식하게 됩니다, 혹은 당신은 지금부터 눈이 깜빡인다는 사실을 인지하게 됩니다, 같은 느낌이랄까. 몇 가지 후보들이 머릿속을 스쳤지만, 입 밖으로 내기에는 그다지 적절하지 않아 보였다. 모드가 힌트라도 주려는 듯 모스부호로 문을 두드렸다. 다행히 나는 모드의 도움 없이는 모스부호를 해석하지 못한다. 모드의 힌트는 내겐 그저 빗소리처럼 들릴 뿐이었다.

— 모르겠는걸.

— 장기 임플란트 관련 의료직이요.

— 어째서? 의료계는 만성적으로 진입 장벽이 높지 않나?

나는 내가 대학에 진학하던 시절 의과대학의 경쟁률을 떠올렸다. 아직도 우물이 있을 정도로 외딴 지방에 처박힌 의대조차 서울대의 일반 학과들보다 들어가기 어려웠다.

— 안전상의 이유로 의료진은 기계로 대체할 수 없어요. EMP 공격이나 해킹 등의 위험에도 대응해야 해서 기계 사용은 언제나 최소한으로 하고요. 임플란트 장기를 쓰지 않는 인력이 언제나 필요하죠. 기술이 워낙 빠르게 발전하니까 옛날처럼 직업 수명이 길지는 않지만, 덕분에 그만큼 자리가 많이 난 거죠.

— 믿기지 않는군. 내가 대학에 다니던 시절까지만 해도 의대생들이 떵떵거리는 세상이었는데 말이야.

— 아, 그건 변함없었어요. 다만 전문의 이외의 인력도 많이 필요하게 된 것뿐이죠. 사람들이 오래 사니까 훨씬 자주 아프더라고요. 매년 정기검진을 받는 사람만 수백만 명인걸요. 아시죠, '젊은 노인 프로젝트'.

— 아.

— 관리는 다 병원의 몫이었으니까 일거리가 늘어나는 것도 당연하죠.

— 병원에서 시작해서 병원에서 끝나는 게 현대인의 특성

이라니까, 어쩔 수 없지.

나는 일부러 대수롭지 않다는 듯 말했다. 하지만 속으로는 정치 얘기마저 가볍게 꺼내는 그녀에게 적잖이 놀라고 있었다. 성아는 거침없었다.

— 오래 산다고 대수가 아니니까요. 누가, 어떻게 오래 살지 결정할 권리가 국가에게 있을까요? 한 독재 국가에서는 정부가 충성 지수라는 걸 만들어놓고 그 점수에 따라 장기 임플란트 누진세를 정해서 크게 논란이 된 적이 있었죠. 우리나라도 그렇지만 출산에 큰 가산점을 주는 국가도 많고요. 임플란트 장기를 하는 순간부터 삶의 형태는 정부에 의해 결정되는 거예요.

— 그럴지도 모르지.

나는 말하고 잠깐 고민했다. 동의할까, 동의하지 말까, 그냥 흘릴까. 자기가 중요하다고 생각하는 문제를 별것 아니라고 여기는 사람을 좋아하는 인간은 없다. 정치는 사실 신념이 아니라 취향의 문제라서 설득하거나 합리적인 조율을 할 수 없다. 오직 원수와 친구만 존재한다.

성아는 과연 내 심드렁한 반응에 조금 실망한 것 같았다. 그러나 곧 다시 말을 이었다.

— 다른 문제가 있다고 원래의 문제가 아무것도 아니게 되는 건 아니니까요. 그건 팔이 아프다고 온 환자의 다리를 때

린 다음에 팔은 이제 별문제가 아니지 않냐고 하는 꼴이죠. 어쨌든 미안해요. 유온 씨가 누진 2단계니까, 이 문제에 관심이 많을 줄 알았어요.

성아는 그렇게 말하고는 나를 봤다. 가늘어진 그녀의 눈이 갑자기 물방울이 아니라 나를 겨누는 화살촉처럼 보였다. 그녀가 가애라는 사실을 잊어서는 안 된다. 나는 전형적인 수애라면 이럴 때 어떻게 할지 잠깐 생각하다가 그만두었다. 애당초 수애는 그런 고민조차 하지 않을 것이다. 쓸데없이 많은 고민이야말로 원죄와도 같은 가애의 직업병이다.

— 괜찮아.

나는 그렇게 뭉그러진 말만 적당히 내뱉고 말았다. 맹탕 같은 처사였지만 다행히 성아는 탄산처럼 쾌활했다. 나는 문득 설탕 없이 탄산만 주입한 탄산수가 씁쓸한 맛을 낸다는 사실을 떠올렸다.

우리는 조금 더 걷다가 통유리로 된 창에 노을이 고인 한 식당을 발견했다. 어디에나 있을 법한 적당한 프렌치 레스토랑이었지만, 그 시간만큼은 태양의 간택을 받아 어디에도 없을 색으로 빛났다. 우리는 누가 먼저랄 것도 없이 그 레스토랑으로 발걸음을 옮겼다.

레스토랑은 생뚱맞게도 제국주의 시대를 떠오르게 하는

소품들로 꾸며져 있었다. 망원경과 유럽 위주의 세계지도, 작은 배를 품은 와인병 따위가 좌석이 없는 공간을 채웠다. 심지어 한쪽 벽에는 붉은 재킷에 흰 바지를 입혀놓은 해병 마네킹까지 있었다. 성아는 이곳 주인이 혹시 드라큘라인 건 아닐까요, 하고 농담했다. 나는 무심코 웃었다. 제국주의 시대를 동경하는 요즘 사람과 식당을 운영하는 드라큘라 중 어느 쪽이 더 위험한지는 쉽게 판단하기 어려운 문제였다.

오후 6시 반이었는데도 가게는 북적이지 않았다. 아무래도 아무나 끌고 오기에는 부담스러운 실내장식 때문일 수도 있었고, 돈이 아까울 정도는 아니지만 그리 맛있지도 않은 어설픈 음식 때문일 수도 있었다. 나는 한두 입 먹고 이런 음식으로 점수를 깎아먹기는 조금 아깝다는 생각에 딱 적정 칼로리만 섭취하고 음식을 밀어두었다. 그녀는 접시를 싹싹 비웠다. 그녀는 정말 맛있게 먹었다. 음식의 질에 크게 신경을 쓰는 스타일은 아닌 것 같았다. 가애보다는 수애로서 더 좋을 재능이었다. 그때 그녀가 고개를 들었고, 모드는 내게 입꼬리를 단속하라고 말했다.

— 제가 아무 음식이나 잘 먹는다고 생각했죠?

성아가 입가를 훔치며 물었다. 나는 깜짝 놀라 턱에 힘을 주었다. 모드는 한숨을 쉬었다. 성아는 내 얼굴을 보지 않았다. 고개는 들었지만 눈은 반쯤 감고 있었다. 모드는 성아가 수정체에 겹눈을 삽입한 개조주의자일 가능성에 관해 언급하며 미소를 유지하라고 잔소리했다. 성아가 말을 이었다.

— 괜찮아요. 그런 얘기 자주 들으니까.

나는 뭐라도 변명을 해야 할 것만 같은 기분이 들었다. 하지만 그녀의 입은 내 대답 따위는 상관없다는 듯 저작 운동과 발음 운동 사이만 오갔다. 눈은 여전히 나를 보지 않고 있었다.

— 급식을 오래 먹어서 그런지 아무거나 잘 먹는 식성이 됐어요.

— 병원 식단이 심심하긴 하지.

나는 간신히 기회를 잡고 공감성 문장을 하나 쑤셔 넣었다.

— 아뇨. 그건 환자식만 그래요. 이건 다른 이야기. 아까 전문의가 아니면 의료 계열 종사자는 수명이 짧다고 했잖아요.

성아가 어깨를 한번 쫙 폈다. 관절 사이의 숨이 죽으며 나는 뚜둑 소리가 들렸다. 의료계에서 일했던 만큼 어깨에 많은 죽음을 지고 있었던 모양이었다. 그녀는 그때부터 내 얼굴을 보았고, 말도 더듬지 않고 이야기를 쏟아내기 시작했다. 나는 그냥 해명은 신경 쓰지 않기로 하고 술이나 주문했다. 20대가 아니라 술 없이는 대화하지 못하는 20세기 서양인이 된 기분이 들었다. 시계를 그만큼 돌리는 건 회춘일까, 다른 의미의 늙음일까. 내가 그런 허무맹랑한 고민을 마친 후에도

117

성아의 이야기는 계속 이어지고 있었다. 사교 습관에 따라 모드는 성아의 말을 빠른 속도로 다시 들려주려고 했다.

— 병원 일을 그만둔 후에는 어린이집에서 일했어요.

그녀의 사연은 브램 스토커의 소설만큼이나 길어서 제때 들은 척을 하려면 4배속으로 리플레이해야 했다. 나는 그냥 요약해달라고 했다. 모드는 한숨을 쉬지 않았는데도, 이상하게 내게는 그 소리가 들리는 것 같았다. 그래도 모드는 내가 원하는 대로 해주었다.

버디는 어린이집에 혁명적인 변화를 가져왔다. 아이들은 어린이집에서 일어난 모든 일을 기억했다. 어린이집은 아이를 가르치고 돌보는 곳이었지만, 보육 교사들이 가장 신경 써야 하는 일은 책잡힐 일을 만들지 않는 것이었다. 어린이집에 CCTV가 설치된 지는 오래였지만, 문제가 생기면 확인하는 CCTV와 매일매일 확인되는 기억은 부담의 정도가 달랐다.

아이에게 손을 내밀기 전에는 세 번 생각하라. 모두 이 말을 마음에 새기고 일했다. 아이가 그림 그리는 걸 도와줄 때는 가슴이 아이의 등에 닿지 않게 해야 했고, 아이가 다치기라도 하면 곧바로 최선의 응급조치를 취해야 했다. 만약 두 아이가 싸우기라도 하면 한쪽 편만 든다는 인상을 주지 않기 위해 문장 단위, 단어 단위로 신경을 써서 중재해야 했으며, 두 아이를 떼놓아야 할 경우 아이의 손목을 잡는 대신 둘 사이에 끼어들어 몸으로 막아야 했다.

그래도 민원은 끊이지 않았다. 왜 야외 수업은 없는지, 체육교육 일수가 부족한 것 아닌지, 음악교육을 하는데 왜 누구는 기타를 잡고 누구는 탬버린을 잡는지, 음식을 너무 많거나 적게 줘서 영양 불균형을 유발하는 건 아닌지……. 부모들은 높은 경쟁률을 뚫고 아이를 어린이집에 보낸 만큼 그에 상응하는 최상의 서비스를 기대했다. 아이러니하게도 그들이 요구하면 요구할수록 교육의 질은 나빠졌다.

보육 교사들이 가장 많이 하는 일은 설명이었다. 비가 오는 날이면 야외 수업은 비 때문에 취소될 수밖에 없었다는 걸 설명하고 언제 어떻게 보강할 건지 설명했다. 시간이 모자라 교육이 제대로 끝마쳐지지 않으면 그럴 수밖에 없는 이유를 설명했다. 설명은 모든 아이를 모아놓고 이루어졌다. 그 설명은 아이들을 위한 것이 아니라 부모를 위한 것이었다. 설명하는 동안에는 아무 문제도 일어나지 않았다.

모드는 성아의 말을 간신히 따라잡았다. 나는 그녀의 말을 조금 놓쳤지만, 이해하는 데는 문제가 없었다. 성아의 목소리에 집중하자 그녀의 목소리가 또렷이 들렸다.

— 부모는 아이를 아담과 이브라고 생각하는 것 같았어요. 아무것도 모르는 그들을 보호하기 위해 보육 교사들이 에덴동산에서 뱀을 멸종시켜야만 한다고도요. 우리는 동산에 단

한 마리의 뱀도 살아남을 수 없도록, 누구도 감히 선악과를 탐하지 못하도록, 손전등을 들고 에덴동산 곳곳을 비춰야 했어요.

성아의 말은 마치 일종의 고발처럼 들렸다. 나는 이런 얘기를 하는 것도, 듣는 것도 별로 좋아하지 않는다. 비밀은 책임을 만들어낸다. 남의 이야기까지 책임지기에 나는 이미 짊어지고 있는 미라의 무게만으로도 충분히 힘들었다.

— 그 세계의 다른 이름은 판옵티콘이다.

나는 금홍의 소설 〈더 이상은 없다〉를 인용했다. 선은 악의 부재임을 주장하는 소설로, 홀몸으로 다방을 운영하던 여인이 일본 군인을 하룻밤 재워준 대가로 총을 얻어, 자신을 왜곡된 시선으로 바라보던 남자들을 다 쏴버리는 내용이었다.

성아는 그 책을 몰랐다. 그래서 내가 짓궂은 농담으로 말을 끊으려 했다는 것도 몰랐다.

— 나는 그 일을 싫어했어요. 너무 힘들었거든요. 하지만 그만둘 수가 없었어요.

성아는 계속 말했다. 나는 술을 몇 모금 마시고, 남은 안주를 적당히 집어 먹었다. 만약 이상이 없었더라면 금홍이 얼마나 위대한 소설가가 되었을지 생각했다. 그녀는 그 때문에 문학에 학을 뗐다. 밤에 일하는 그녀에게 필요한 건 위대한 예술가가 아니라 적당한 집사였다. 이제는 다 소용없어진 얘기지만.

모드가 성아의 이야기를 요약해주었다.

오래 일한 선생들은 날이 갈수록 일이 힘들어지기만 한다고 넋두리를 하곤 했다. 혹시나 아이들의 귀에 들어갈까 봐 그런 말은 꼭 방음을 철저하게 한 휴게실에서만 했다. 그들에 따르면 한때 보육 교사들은 아이들을 데리고 있으면서 문제만 생기지 않게 하면 되었다고 한다. 정성을 다할 수도 있었지만 그러지 않았다고 비난을 받지는 않았다고, 매 순간 최선의 인간이 되지 못했다고 책잡히는 일은 아니었다고 했다. 성아는 그런 말을 들어도 억울하다기보다는 아이들이 더 행복해질 수 있어 다행이라는 생각을 했다. 다른 선생들은 성아를 신기하게 여겼다. 그들은 성아가 어떻게 계속 열성일 수 있는지 이해하지 못했다. 대부분의 교사들이 일을 시작할 때 가졌던 열정은 우주배경복사처럼 급격한 인플레이션을 겪으며 식어갔다. 태초의 강력한 빛줄기였던 우주배경복사는 이제 눈에 보이기는커녕 정밀한 레이더로만 간신히 관측된다.

실존이 본질에 선행하는 우주와 달리, 성아에게는 이유가 있었다. 성아는 어릴 적 존재통을 앓았다. 존재통은 버디를 쓰는 아이들이 겪는 우울과 무기력, 파괴 충동을 통칭하는 말이었다. 꿈을 전혀 꾸지 못한다는 점 역시 존재통의 특징적인 증상이었다. 소아우울증과 증세는 비슷하지만, 기존 우울증 치료를 위해 사용하던 방법으로는 치료할 수 없기에 이름이 따로 붙었다.

이 증상을 처음으로 발견한 H박사는 버디가 뉴런의 연결을 과잉 매개해 간뇌와 중뇌, 소뇌에서도 연산 능력을 빌려오는 게 그 원인일 수도 있다고 추측했다. 아직 자기 몸도 제대로 가누지 못하는 아이들이 과도하게 발달한 인지능력으로 인해 세계에 압도되어버린다는 것이다. 청중들이 잘 이해하지 못할 때면 H박사는 이렇게 예시를 들어 설명했다. 아이들이 식탁 아래에 비밀 공간을 만들거나, 이불을 뒤집어쓰고 작은 굴에 틀어박히는 데는 다 이유가 있다. 아이들에게는 자기 몸에 맞는 작은 세계가 필요하다. 이런 것들이 아이에게는 더 없는 마법의 원천이 된다. 그냥 존재하는 것만으로도 고통을 받는다는 뜻에서 H박사는 이 증상에 존재통이라는 이름을 붙였다. 지금까지 발견된 존재통의 유일한 치료 방법은 버디 사용을 중단하는 것뿐이었다. 아이가 다시 꿈을 꿀 때까지.

성아는 노는 중에도 심심하고, 앉아만 있으면 소리치고 싶던 시절을 생생히 기억했다. 마법처럼 행복감과 충만감이 찾아오는 때도 있었지만 그런 시간은 아주 짧았고 의도적으로 재현할 수도 없었다. 아무것에도 흥미를 느끼지 못하니 자는 것밖에 할 수 없었고, 먹으면 세상이 다르게 보인다고 하는 LSD 같은 것에도 관심은 가졌지만 직접 구해볼 방법도 의지도 없었다. 그녀는 마치 달처럼 누워 있기만 했다. 너무 오래자서 동그랗게 부은 얼굴로, 언제나 같은 궤도로 뱅뱅 돌았다.

성아는 아이들의 얼굴에 둥근 크레이터가 나타나던 순간들을 기억했다. 어린이집 바닥에는 아이들이 다치지 않게 푹신한 패드가 깔려 있었는데, 퍼즐 모양의 패드가 잇닿은 데에 얼굴을 대고 한참 누워 있으면 동그란 자국이 얼굴에 남았다. 성아는 아이들의 세계에 어느 날 갑자기 밤이 찾아올 수도 있다는 사실이 두려웠다. 그래서 누구보다 열심히 아이들의 세계에 밝은 빛을 비추려고 노력했다. 광합성만 잘 시키면 나무가 빨리빨리 자라 존재통 없이 어린 시절을 졸업할 수 있을 거라고 생각하면서.

— 좋은 선생이었네.

나는 늦지 않게 술잔을 내밀었다. 마지막 한 잔이었다. 영업시간이 끝나서 와인을 더 주문할 수 없었다. 가게에 앞에 고인 따뜻한 빛은 어느새 사라지고 가로등 불빛만이 거리에 과녁 같은 동그라미를 쏘고 있었다.

— 싫어하는 일일수록 잘하게 되기 마련인가 봐요.

성아는 쓸쓸하게 웃었다.

— 머리로는 그렇게까지 할 필요가 없다는 걸 알아도 뚜벅뚜벅 힘든 길로 가버려요.

― 보육원 봉사를 온 게 신기할 정도군.

― 봐버렸으니까요. 아예 몰랐으면 모를까, 알아버린 이상 가보지 않을 수 없었어요. 그래도 보육원에 가본 덕분에 유온 씨도 만났는 걸요.

성아는 나를 빤히 보며 말했다. 테이블에 놓인 스탠드 조명이 그녀의 얼굴에 밝은 노란빛을 쏘았다. 어쩐지 조금 미안해졌다.

우리는 가게 밖으로 나와 걸었다. 이 주변을 몇 번이나 맴돌았다고 생각했는데, 밤에 보는 거리는 낯설었다. 가게 앞에선 가로등이 발치를 동그랗게 비추었다. 가로등 아래에서는 다른 곳이 잘 보이지 않았다. 꼭 가로등이 달빛에 바로 여기로 떨어지면 된다고 점을 찍어주기라도 하는 것 같았다. 나는 우리가 낮에 걸었던 길을 다시 걷고 있는 건지 아니면 전혀 다른 곳으로 가고 있는 건지 알 수가 없었다. 예정에 없던 깊은 이야기를 들으니 조금 지쳐버렸다. 슬슬 집에 가야겠다고 생각했는데, 그녀는 의외로 맥없이 이야기를 끝냈다.

― 그러다가 내가 아파서 그만뒀어요. 심장이 다 상했다더라고요. 심장을 갈아 끼우니까 꼭 마침표를 찍은 것 같았어요.

그렇게 말하는데 자리를 끝내자고 하는 건 어쩐지 이상한 일처럼 느껴졌다. 우리는 한동안 같은 거리를 뱅뱅 돌았다.

거리가 어두워서 그녀가 마음대로 걷고 있는지 어떤지도 알 수가 없었다. 검은 철책이 자꾸만 나타났다가 사라졌다. 나는 분명 그녀가 멋대로 걷고 있을 거라고 생각했다.

우리는 20분 정도 걸은 뒤에 한 공원에 들어갔다. 걷는 동안 자꾸 보이던 철책이 지키는 공원이었다. 언제든 무료로 입장할 수 있어서 왜 철책을 둘러놨는지 의문스러웠다. 어쩌면 과거에는 돈을 내야 들어갈 수 있는 공원이었던 건지도 모른다. 그런 생각이 들 정도로 상점가 한중간에 있기에는 꽤 큰 공원이었다.

그녀는 산책로가 아니라 나무가 자라는 풀밭 안쪽으로 걸었다. 그곳에는 가로등이 없었고, 우거진 나뭇잎이 달빛을 가려 어두웠다. 그녀는 조명까지 켤 정도로 본격적이었다. 취기가 오르는지 튀어나온 뿌리에 걸려 넘어질 뻔한 걸 내가 두 번 잡아주었다. 그녀는 자연스럽게 팔짱을 끼어왔다. 셔츠 너머로 아직 수분을 잘 붙잡고 있는 피부의 탄력이 느껴졌다. 나는 왜 산책로로 걷지 않는 거냐고 물었다.

— 나 돌을 모아요.

성아가 휴대전화 플래시를 여기저기 비추면서 말했다.

— 원래 지구는 하나의 거대한 암석이었는데, 달이랑 부딪히면서 지금처럼 돌이 많이 생긴 거래요.

그녀는 뿌리가 땅 위로 구불구불 올라온 한 나무 쪽으로 달려가더니 무언가를 주워 왔다. 어디에나 있을 법한 평범한 돌멩이였다. 하지만 성아가 불빛을 비추자 반짝반짝 빛났다.

— 빛을 받아 반짝이는 애들은 달에서 떨어져 나온 것들이에요. 다 모으면 언젠가 달에 보낼 거예요.

성아가 고개를 들어서 나도 자연스럽게 하늘을 보았다. 지구를 비추는 가로등인 듯, 동그란 달이 떠 있었다. 나는 밤의 어둠을 걷어내면 그 뒤에는 거대한 과녁이 있고, 그걸 쏘아 맞힐 수만 있으면 영원히 살 수 있는 그런 세계를 상상했다. 그런데 다시 생각해보니 지금 세계도 별반 다르지는 않은 것 같았다.

— 이야기 들어줘서 고마워요.

성아가 말했다. 그녀는 여전히 고개를 젖히고 있어서 꼭 달에게 하는 이야기 같았다.

— 유온 씨랑 있으면 이상하게 자꾸 말을 하게 돼요. 이거 아무에게도 한 적 없는 이야기인데.

— 누가 그러더라고, 나는 사랑받는 재주가 있다고.

성아가 웃었다. 그러더니 살며시 내 손을 잡았다.

— 달이 참 예뻐요.

— 사랑한다는 뜻이야?

— 아뇨. 그냥 오늘따라 유난히 예뻐서요.

우리는 웃다가 키스했다. 나도 왜 그랬는지 잘 모르겠다. 그

때는 그냥 그렇게 해야만 할 것 같았다. 그러나 밤의 마법에 걸리기에는 우리에게 세상이 너무 커서, 우리는 문 닫을 시간이 된 놀이공원에서 빠져나가는 아이들처럼 얼렁뚱땅 집으로 돌아갔다.

8

성아와의 만남은 즐거웠으나 그녀는 내 삶을 책임져줄 수 있는 사람이 아니었다. 그녀는 가애였고, 나보다 재산이 적었으며, 무엇보다 별일 없으면 나보다 오래 살 것이다. 나는 집으로 돌아가 '굿바이 커뮤니티'에 접속했다. 명상 시스템 내에서 중개 기능을 활용해도 되지만, 나는 직접 손을 써야 일을 하는 기분이 들어서 여전히 데스크톱을 애용했다.

커뮤니티 사이트에 접속하자 마스코트 캐릭터인 돈키호테가 환영한다며 빙글빙글 도는 풍차를 향해 돌진했다. 풍차의 날개에 부딪혀 날아가며, 그는 내가 접속하지 않은 동안 신규 가입자가 200명이나 있었다고 알려왔다. 굿바이 커뮤니티는 이름처럼 끝 사랑을 구하는 곳이다. 생이 얼마 남지 않은 이들끼리 인생의 마지막을 약속하고 남은 재산을 함께 탕진

할 파트너를 구하는 곳. 자기 수명이 얼마 남지 않았다는 인식이 가입 조건이므로 성별도 나이도 자유. 사실상 황혼 소개팅 사이트라고 봐도 무방하지만, 이용자들 대부분이 남은 삶이 길지 않기에 일반적인 소개팅 사이트와는 다르게 오픈 마켓 같은 형태를 취하고 있다. 월 회비를 내면 다른 사람들의 프로필을 자유롭게 검색할 수 있는데, 자기 신상 정보를 자세하게 적는 사람일수록 인기가 높다. 마음에 드는 사람을 찾으면 추가 비용을 내고 메시지를 보내는 시스템이라 이용자들은 대개 성실하게 프로필을 작성한다.

나는 커뮤니티를 뒤져 내 조건에 맞는 수애를 찾는다. 물론 내가 직접 하는 일은 스크롤을 열심히 내리며 스킵 리딩을 하는 것에 불과하고 진짜 일은 모드가 하고 있긴 하지만.

— 팔자 좋으시네요. 나름대로 열심히 한다는 건 알고 있습니다만.

내 생각을 읽고 모드가 딴지를 걸어왔다. 그러면서도 자기 일은 열심히 한다는 게 모드의 매력이다. 모드는 내가 찾는 수애의 조건에 따라 이용자들을 분류하고 있을 것이다. 그 조건은 다음과 같다.

1. 남은 수명이 반년 이상, 2년 이하일 것.

2. 자식이나 친척이 없거나 관계가 소원할 것.

3. 재산이 많을 것.

4. 누진 3단계에 막 들어섰거나, 들어설 예정일 것.

5. 심각한 심리적 하자가 없을 것.

각 조건에는 이유가 있다. 지금까지의 경험상 내가 수애와 충분히 깊은 관계가 되어 유산을 받기 위해서는 최소 반년의 시간이 필요하다. 하지만 그렇다고 관계를 너무 오래 맺었다가는 인간을 감정적으로 만드는 호르몬의 마법이 사라져버릴 위험이 있다. 실제로 너무 오래 만난 수애를 다른 가애에게 빼앗기는 건 모든 가애들이 초짜일 때 한 번씩은 겪는 일이다. 물론 유산을 받지 못해도 매켄지를 통해 수익을 분배받긴 하지만, 그 돈은 절대 생존을 보장할 만큼 넉넉하지 않다. 내가 남의 목숨을 위해 일하거나 남이 내 목숨을 위해 이용당하거나. 세상은 이 둘 사이의 줄다리기에 불과하다.

남은 수명은 모두가 입력하는 필수 정보이기 때문에 쉽게 얻을 수 있다. 물론 거짓말을 하는 사람이 없진 않지만, 세상이 늘 그렇듯 절대다수는 정직하게 군다. 또한, 커뮤니티의 분위기가 수명이 길수록 매칭이 잘 된다는 식으로 조성되어 있기에 굳이 남은 수명이 짧다는 거짓말을 할 이유가 없기도 하다. 잘은 몰라도 이 때문에 커뮤니티의 운영자 역시 가애가 아닐까 의심하는 사람들도 꽤 있다.

수명과 나이 이외의 정보는 얻기 까다롭다. 전부 자기소개를 보고 추측해야 하는 간접 정보이기 때문이다. 자식이나 친척이 없거나 관계가 소원한지는 글의 내용이나 스스로를 얼마나 한가한 사람으로 밝히고 있는지 등의 뉘앙스에서 추측할 수 있다. '진실한 사랑'이나 '의지할 수 있는 관계' 같은 단어를 사용하는 사람이면 가능성이 크다. '인생은 하룻밤 꿈, 남은 새벽을 불태워보자'라고 쓰는 사람은 가능성이 작다. 무엇보다 중요한 소득 수준과 누진 단계도 간접 정보 외에는 주어지는 것이 없다. 이 점이 가장 곤란한데, 취미나 '함께 하고 싶은 일' 항목에서 엿보이는, 소위 '부티'가 거의 유일한 단서다.

심리적 하자를 피하는 건 상대적으로 쉽다는 게 그나마 위안이 된다. 커뮤니티에는 심각한 트라우마나 '역린' 따위를 적어놓는 칸도 있는데, 그 항목이 채워져 있으면 피하는 게 정석이다. 감정 소모의 문제도 있지만, 복잡하게 얽힌 심리적인 문제가 있는 사람의 경우 결국 마지막까지 그 문제의 대상에 집착하느라 나를 중요하게 생각하지 않을 확률이 높기 때문이다.

이런 식으로 거르면 전체 모수가 수백 명이라고 해도 결국 스무 명 남짓밖에 남지 않는다. 그 안에서는 섬세하게 자기소개를 읽고 내가 공략할 만한 상대를 고르는 수밖에 없다. 이

때는 모드와 의견을 활발하게 주고받는다. 일종의 롤플레잉을 하는 셈인데, 나는 욕망과 가능성 쪽을 맡고 모드가 현실주의자를 맡는다. 스무 명 모두에게 될 대로 되라는 식으로 연락을 돌리는 건 금물이다. 누구든 자기가 한 번 거절한 사람은 색안경을 끼고 보게 된다. 그런 방식은 당장은 도움이 될지도 모르나 장기적으로는 평판을 떨어뜨리는 일이다. 직접적으로 드러나는 정보는 아니지만 만남 거절과 승낙 수에 따라 내 연락이 상대에게 보이는 순서가 달라진다는 루머가 있다.

세 시간의 노동 결과, 은희라는 여자 하나가 남았다. 나는 그녀의 취미와 성향에 맞는 섬세한 문장을 고른다. '안녕하세요, 너무 취향이어서 메시지 보내요' 하고 짧게 메시지만 보내는 사람은 하수다. 그들은 여자들이 하루에 그런 메시지를 몇 통이나 받는지 모르는 게 분명하다.

— 잘 들어가셨나요? 오늘 즐거웠어요.

이상할 정도로 답장이 빠르다 싶었는데, 성아였다. 답장하지 않았더니 그녀는 메시지를 몇 통 더 보내왔다. 그녀는 내게 보고 싶다고 말했고, 다음 봉사 활동에는 나올 거냐고 물었다. 나는 답장하지 않았다. 내게는 사랑보다는 생존이 먼저였다. 성아도 가애니 이해할 것이다.

나는 은희의 답장을 기다리며 커뮤니티에 성아를 검색해보았다. 수많은 동명이인이 검색되었다. 나는 그녀에 관해 알고 있는 정보를 바탕으로 필터링을 걸어보았다. 남은 사람이 하나도 없었다. 가명을 썼거나 정보를 꾸며내 입력한 것 같았다. 아니면 내게 거짓말을 했거나.

약속 장소는 '때아닌'이란 이름의 와이너리였다. 중세 시대를 콘셉트로 인테리어한 곳이었다. 와인은 병이 아니라 오크통에 보관되어 있었고, 잔도 유리가 아닌 청동으로 만든 고블릿 잔이었다. 이곳은 매켄지의 가게가 아니었다. 첫 만남일 때는 혹시 모르니 매켄지와 연관된 곳으로는 데려가지 않는다. 이건 비즈니스 매너이자 나 자신을 지키기 위한 일이기도 하다. 굿바이 커뮤니티는 소문이 빠르다. 소문이 잘못 나면 다시는 커뮤니티를 이용할 수 없게 될지도 모른다.

은희는 젊어 보였다. 검은 장발을 길게 늘어뜨렸고, 피부에 주름이 없었다. 어두운 조명 아래에서도 미백이 잘된 피부에 광채가 돌았다. 드레스 패션만 아니었더라면 20대처럼 보였을 것이다. 심지어 힐까지 신었다는 점에서 나는 그녀가 누진 3단계일 거라고 확신했다. 발목과 무릎 관절을 혹사할 자유는 꽤 비싸다.

나는 살짝 손을 들어, 내 존재를 알렸다. 그녀는 내 맞은편에 앉았다. 오늘은 브라운 셋업을 입고 왔는데, 정답이었다. 그녀가 내 옷차림을 칭찬하기에 나는 그녀의 외모를 칭찬했다. 나는 자연스럽게 술과 그에 어울리는 음식을 주문했다. 동의를 구하는 제스처를 취하니 그녀는 빙그레 웃어 보였다.

음식만 맛있어도 자리는 절반쯤 성공한 거라는 말이 있다. 그녀는 음식이 취향에 맞는지 조금씩 계속 집어 먹었고, 나는 담배를 피우러 가면서 음식을 더 주문했다. 그녀는 비흡연자였지만, 상대의 흡연에 별 신경을 쓰지 않는다고 했다. 내가 큰 노력을 할 필요도 없이, 그녀는 경계하는 듯하면서도 내게 관심을 보였다. 느낌이 좋았다. 기술은 익을수록 힘이 덜 들고 자연스러워지는 법이다. 고생해서 이룬 일은 물론 보람차겠지만, 사실 인생은 힘들이지 않고 해낼 수 있는 일에 더 크게 좌우된다.

나는 천천히 언어를 쌓았다. 말로 상대를 공략하는 원칙은 체스와 같다. 말이 서로서로 지키도록 차분히 전진시킨다. 상대의 다음 행동을 예측한다. 별것 아닌 말과 중요한 말을 교환한다. 이 세 가지를 반복하다 보면 체스는 언제나 승리하게 되어 있다. 딥 블루라는 인공지능 체스 컴퓨터가 개발된 이후로 한 번도 바뀐 적이 없는 원칙이다.

은희는 너무나도 쉽게 자기 룩과 비숍을 내주었고, 그 대가로 폰을 받아갔다. 계속 폰을 전진시키고 있기는 했지만, 그 전에 이미 그녀의 성은 처음의 위용을 잃고 부드러운 상태가 되어가고 있었다. 나는 퀸과 룩을 이용해 그녀의 킹을 차근

차근 포위했다. 그녀는 거의 저항 없이 나를 받아들였다.

체스의 가장 우아한 점은 상대를 직접 함락시키지 않고 체크메이트를 선언해 상대가 스스로 자기 상태를 확인하고 승복하도록 한다는 데 있다. 나는 룩으로 그녀의 마지막 비숍을 잡았다. 이제 엔드 게임이었다.

— 자리를 옮길까요?

나는 그녀의 손 위에 내 손을 포개며 말했다. 그런데 그때까지는 거의 무방비하던 그녀가 표정을 싹 바꾸었다. 내가 공격에 열중하는 사이, 그녀의 폰은 어느새 보드 끝까지 전진한 상태였다. 폰은 갑자기 퀸으로 모습을 바꾸었고, 순식간에 공격 주도권이 넘어갔다. 게다가 세상에, 사실 우리 앞에 놓인 체스판은 3차원도 아니고 4차원이었다. 내가 승리를 잡은 하나의 면은 전체로 보면 아무 의미도 없었다.

— 저 기억 안 나요? 이령이 친구인데.

은희가 말했다. 이령은 내 아내의 이름이었다.

아까까지의 사근사근한 태도는 어디로 갔는지, 은희는 내 손을 날카롭게 내쳤다. 손톱에 긁힌 손등이 살짝 부어올랐다. 전치 1주짜리 상처가 났다. 이제부터는 체스가 아니라 진검을 든 결투라는 선언 같았다.

— 담배 피우는 줄 몰랐네요.

— 몇 년 전에 배웠습니다.

— 어머, 우리 나이에 담배 배우는 사람은 처음 봐요. 당신 몇 살이었죠? 백두 살?

모드가 무반주 첼로 협주곡을 재생해서 은희의 말은 서정적인 첼로 소리와 함께 들려왔다. 안타깝게도 평소에는 내 마음을 부드럽게 풀어주던 그 음악이 지금은 짜증만 유발했다. 예상치 못한 상황을 대비한 습관을 만들어놓을 수는 없는 법이다. 모드도 마땅히 좋은 선택지를 제시하지 못하고 진정하라는 말이나 늘어놓았다.

— 친구라면서 가정사는 잘 모르시나 봅니다.

— 대단한 가정사라도 있으신가 보죠? 들려주세요, 나도 좀 알게.

은희가 날카롭게 웃으며 말했다. 하지만 눈매는 전혀 웃고 있지 않았다. 너무 명백한 감정이어서 모드가 표정 분석 습관을 지킬 필요조차 느끼지 못하고, 알죠? 하고 대꾸할 정도였다.

— 나한테 뭘 원합니까?

— 글쎄요.

— 나랑 사랑놀음이나 하자고 나온 건 아닐 거 아닙니까.

— 당연하죠. 아직 마법을 믿는다니, 역겨워요.

은희는 표정하나 바꾸지 않고 그렇게 말했다. 처음 연락을 주고받을 때는 말을 예쁘게 하는 점이 좋다고 했으면서. 모드가 코르티솔 수치 경보를 띄웠다. 만약 은희가 좋은 관찰 습관이 있는 사람이라면 내 눈동자가 로시난테처럼 덜덜 떨리는 걸 볼 수 있었으리라.

　—염치가 있으면 정직하게 돈을 벌지 그래요?

　—당신이 말하는 정직이 뭔지 모르겠군요.

　—일해서 번 돈으로 먹고살라는 거죠. 사랑 구걸하고 다니지 말고요.

　—이령이 제 장기 구독료를 내줄 것 같습니까?

　우리는 아무 말 없이 서로를 노려보았다. 여유로운 표정을 짓기 위해 노력했지만 쉽지 않았다. 모드가 온갖 경고성 알람을 띄워대는 탓에 시야가 통 정신이 없었다. 모드는 이젠 무반주 첼로 협주곡은 포기하고 에릭 사티를 틀었는데, 효과가 없기는 매한가지였고 오히려 이 상황의 아이러니함을 강조하는 꼴이었다. 나는 이령에게 이런 친구가 있다는 사실도, 내 이야기를 하고 다닌다는 것도 몰랐다. 그녀답지 않은 일이었다. 하지만 내가 진정으로 이령을 이해한다고 믿던 시기는 이미 오래전에 끝났다. 이령도 내가 이렇게 살고 있을 거라고는 꿈에도 상상 못 했을 것이다.

　전화가 울렸다. 무음 상태로 두기는 했으나 어두운 바에서 밝은 빛이 번쩍이니 알아차리지 않을 수 없었다. 성아였다.

나는 전화를 뒤집었다.

— 받지 그래요? 돈줄이 기분 상하면 어쩌려고.

— 이 사람은 그런 사람 아닙니다.

— 어머, 그럼 이령은 그런 사람이었고?

— 그런 뜻이 아니지 않습니까.

그런 실랑이를 벌이는 사이 테이블을 흔들던 진동이 사라졌다. 전화는 다시 걸려오지 않았다.

— 처음부터 말을 해주지 그랬습니까.

— 기대하는 바가 있었거든요. 하지만 당신은 아무것도 모르는 것 같군요.

— 모른다고요? 이령은 내 아내입니다.

— 아내였던 거겠죠.

은희가 술을 한 모금 마시고 내려놓았다. 고블릿 잔이 원탁 테이블 위에 놓이며 쿵, 하는 소리를 냈다. 나는 손이 떨려서 잔을 잡기조차 힘들었다. 팔짱을 끼는 건 일견 거만해 보이지만 사실은 스스로를 방어하기 위한 제스처다.

— 이령은 이제 당신을 기억하지도 못해요.

— 우리는 반세기 가까이 부부였습니다.

— 과거는 기억에 불과해요. 혼인신고서나 반지 같은 것도 기억을 증명하기 위한 것일 뿐이죠.

— 이령이 죽기라도 했다는 말입니까?

— 어머, 역겨워라. 유산이라도 기대하는 건가요?

버디는 사용자가 하려는 일을 사용자보다 먼저 인식한다. 뇌는 어떤 행동을 하기 전에 그 행동을 예고하는 전기 신호를 먼저 보낸다. 정말로 행동을 명령하는 신호를 보내는 건 그다음이다. 따라서 모드는 내가 무얼 할지 나보다 먼저 알고 있다. 모드가 나를 말렸다. 하지만 내 입은 이미 열리고 있었고, 나는 멈추고 싶지 않았다.

— 적당히 하시죠. 그쪽도 마냥 깨끗한 사람은 아닌 것 같은데.

그러나 은희의 얼굴에는 여전히 냉소가 걸려 있었다. 모드가 뒤늦게 떠올린 습관이 비극성을 강조했다. 즐거움 10퍼센트, 역겨움 50퍼센트, 슬픔 40퍼센트. 아주 이해 못 할 감정은 아니었다. 하지만 내가 뭘 어떻게 할 수 있었단 말인가?

— 커뮤니티가 뭐 하는 곳인지 모르고 가입했다고 하진 않으시겠죠? 이령을 위해 함정수사라도 했다고 하실 셈입니까?

은희가 웃음을 터뜨렸다. 여전히 즐거움 10퍼센트, 역겨움 50퍼센트, 슬픔 40퍼센트.

— 자의식과잉이 심하네요.

— 도대체 내게 왜 이러는 겁니까?

— 어머, 잊으셨나 본데 내게 먼저 연락한 것도 나를 감언이설로 꾄 것도 당신이에요.

나는 자리에서 벌떡 일어났다. 만약 만남에 관한 수학 체계가 있다면 이 만남은 전제부터 잘못된 만남이다. 전제가 틀리면 아무리 많은 계산을 해도 정답에 도달할 수 없다. 시간 낭비. 시간은 곧 인생이다. 가애에게는 특히나 더. 풀 수 없는 문제에 휩쓸려 표류하는 건 명확히 업무 범위 밖이다. 지금 할 수 있는 최선의 수는 내가 먼저 은희를 고발해서 커뮤니티에 글을 쓰지 못하게 막는 것이다.

— 즐거웠습니다. 계산은 제가 하죠.

내가 그렇게 말하고 자리를 뜨려는데, 은희도 벌떡 일어났다. 그녀의 손이 핸드백 안으로 들어갔다. 나는 호신용품이라도 튀어나오는 줄 알고 근육을 긴장시켰다. 무리한 초과 근력 사용은 건강 점수에 악영향을 줄 수 있다는 법정 문구가 출력되었다. 그러나 막상 그녀가 꺼낸 것은 하얗고 봉긋한 봉투였다. 그녀는 내게 봉투를 내밀었다.

— 앉아요.

나는 봉투를 열어보았다. 10만 원짜리 지폐 다발이 들어 있었다. 200만 원이라고 모드가 알려주었다. 두께로 보아 중간중간 5만 원권도 섞인 모양이었다. 나는 봉투를 다시 은희에게 내밀었다.

— 내 심장은 1년에 3억입니다.

— 이건 내가 이령에게 빚진 돈이에요.

— 그렇다면 더더욱 아내에게 주시죠. 살아 있다면서요.

— 어머, 갑자기 자존심은.

은희가 과장되게 손사래를 쳤다. 하지만 여전히 즐거움 10퍼센트, 역겨움 50퍼센트, 슬픔 40퍼센트.

— 나도 그러고 싶지만 안 돼요. 당신은 알아야 해요. 당신이 무엇을 짊어지고 살아야 하는지.

문명의 역사는 진실과의 사투와 같다. 새로운 진실이 발명되면 새로운 거짓도 발명되었고, 단단한 땅과 같은 한 줌의 진실을 찾는 일은 점점 어려워졌다. 언어가 발명되자 시가 만들어졌고, 법정이 생기자 위증자가 태어났다. 신은 이교를, 사진은 합성된 이미지를 만들었다. 조작할 수 없는 것에 관한 욕망. 이 시대의 그것은 '모자'라는 형태를 가졌다. 절대적 진실은 지난 세기에 완벽히 죽어버렸고 이제는 아무도 그것을 기대하지 않는다. 그러나 개인적 진실, 시간과 경험이 담보하는 기억은 여전히 유효하다. 비록 그것이 아주 작은 범위 안에서만 작동할지라도 말이다.

은희가 내게 건넨 것은 바로 그 모자였다. 그녀는 거기에 자기가 이령을 만났을 때의 기억이 담겨 있다고 했다. 나는 갈색 베레모를 잠깐 손안에 쥐고 바라보았다. 모자에 음각으로 새겨진 네 개의 펄럭이는 사각형이 모자가 정품이라는 사실을 증명했다. 모드가 모자 옆에 녹색 체크 표시를 띄웠다. 모자를 쓰면 은희의 기억이 내게 전해질 것이다.

— 그냥 말로 해도 되지 않습니까.

내가 물었다. 나는 모자에 대한 생리적 거부감이 있었다. 타인의 기억을 내가 원래 가지고 있었던 기억처럼 받아들이는 일은 절대 유쾌하지 않다. 기억을 전달받는다는 건 거기에 얽힌 상대의 감정과 생각마저 고스란히 받는다는 뜻이다. 나의 판단이라는 성벽도 제대로 세우지 못한 채.

— 무서워요?

은희가 말했다. 솔직히 말하자면 그랬다. 그 모자에는 아내의 이야기뿐만 아니라 은희의 이야기도 무겁게 담겨 있을 것 같았다. 내 어깨는 이미 내 인생만으로도 충분히 무거웠다. 하지만 고개를 끄덕이지는 않았다.

— 이제 와서 내가 할 수 있는 일이 있습니까?

— 모르죠. 그건 당신 문제니까요.

은희는 그렇게 말하고는 와인을 한 잔 더 주문했다. 그녀가 잔을 돌리자 쌉쌀한 오렌지 향이 났다. 그녀는 내가 모자를 쓰든 말든 별 관심이 없어 보였다. 표정 분석으로 생각까지 알 수 있는 건 아니다. 어쨌든 그녀의 말이 옳긴 했다. 죽었는지 살았는지도 모를 이령이 어깨에 업혀 있는 건 내 문제였다. 나는 굳어가는 어깨와 거북 목 때문에 매년 꽤 큰 비용을 지출하고 있었다. 나는 모자를 물끄러미 바라보다가 머리 위에 살짝 얹었다. 모자는 그거면 충분하다는 듯 내 머리에 딱 맞게 달라붙었다. 몇 가지 주의 사항을 알리는 메시지가 눈앞에 어른거렸다.

　금융 및 피싱 사기에 주의하십시오. 모자의 주인이 신뢰할 만한 사람입니까?

　'예'를 선택하자, 연극이 시작될 때처럼 시야가 천천히 어두워졌다. 파란 톱니바퀴 같은 게 두 바퀴쯤 돌다가 사라졌다.

　이령이 갑자기 찾아온 건 한여름이었다. 결혼하고부터 한 번도 왕래가 없었던 사이였기에, 은희는 이령에게 전화가 왔다는 알람을 보고서도 바로 받지 않고 잠시 생각해야만 했다. 은희가 전화를 받자, 이령은 거두절미하고 이렇게 말했다.
　― 너희 집에 일주일만 있어도 돼?
　그 무렵 은희에게는 남편과 딸이 있었다. 은희는 남편과 방을 같이 썼지만, 딸이 독립을 한 덕분에 집에 빈방이 하나 있긴 했다. 하지만 이유도 없이 이령을 집에 들일 수는 없었다. 적어도 남편이 이해할 만한 이유는 필요했다. 아무리 청춘을 함께한 친구라고는 해도 '무조건'이라는 말은 그 시절의 추억에 붙인 스티커에 불과했다. 은희는 이령에게 무슨 일이냐고 물었다. 이령은 한동안 말없이 인기척만 풍기다가 딱 한 마디 했다.

— 살려줘.

은희는 그 말이 둘 사이 우정의 징표였음을 늦지 않게 기억해냈다. 이제는 자기가 그 우정을 갚아야 할 차례라는 것도.

이령은 많이 늙어 있었다. 함께 돌아다녀도 아무도 둘을 동갑내기 친구라고 생각하지 않을 정도였다. 은희는 그걸 터놓고 말하지는 않았지만 이령이 집에 머무는 동안 매일 자기가 쓰는 기능성 화장품을 발라주었다. 그럴 때마다 이령은 어차피 만날 사람도 없는데 왜 유난이냐고 하면서도 순순히 얼굴을 내밀었다. 은희는 마치 여고 시절로 돌아간 것 같은 기분이었다. 그때는 서로 발라주던 게 기능성 제품이 아니라 색조 제품이었다는 차이가 있긴 했지만 말이다.

은희는 이령에게 무슨 일이 있었는지 묻지 않았다. 이령도 은희에게 아무 말 하지 않았다. 이령의 손에 작은 핸드백 하나만 들려 있었기 때문에 은희는 이령의 문제가 일시적인 것이라고 믿었다. 살려달라는 말이 무색하게 이령은 정신이 나간 것 같지도 않았고, 몸에 멍이나 상처도 없었다. 은희가 보기에 이상한 점은 이령이 출근을 하지 않는다는 것 단 하나였다. 은희가 이령을 마지막으로 만난 건 이령의 결혼식에서

였고, 그날 은희는 이령에게 임신 계획이며 육아휴직에 관해 물었다. 이령 옆에 선 유온은 다른 질문을 받느라 정신없어 보였다. 이령은 아이는 남편이 키울 예정이라고 속삭였다. 서로 다른 상대와 이야기하면서도 꼭 잡은 손을 보며 은희는 유온이 다정한 배우자가 될 거라는 생각을 했다.

— 출근 몇 시야? 아침 같이 먹자.

은희가 말했을 때, 이령은 고개를 끄덕이긴 했지만 출근 시간이 몇 시인지는 말하지 않았다. 다음 날 아침, 이령이 접시를 그러모아 싱크대로 나르는 걸 보며 은희는 이령이 그날 할 일이 아무것도 없을 거라는 느낌을 받았다. 실제로 회사에서 돌아와 보니 이령은 불도 켜지 않고 소파에 앉아 멍하니 창밖만 바라보고 있었다. 거울을 한 번도 보지 않았는지 아침에 흘린 김칫국물이 이령의 티셔츠에 그대로 남아 있었다.

— 오늘 뭐 했어?

은희는 짐짓 가볍게 물었다. 이령은 고개를 돌리지 않았다. 노을이 그녀의 목덜미를 붉게 물들이고 있었다. 불을 켜자 이령의 얼굴이 창에 흐릿하게 비쳤다.

— 생각.

— 무슨 생각?

— 집 좋다. 산이 보이네.

은희의 생활이 크게 달라질 것은 없었다. 밥그릇을 하나 더 챙겨야 했다는 것 정도만 빼면 이령은 거의 존재감이 없었다. 이령은 아무것도 요구하지 않았고, 눌러앉으려는 기색도 없었다. 은희가 딸의 방에서 따로 잤기에 밤중엔 사실 이령이 온 적이 없는 건 아닐까, 하는 생각이 들 정도였다. 그러나 다음 날 아침이 되면 이령은 어김없이 테이블을 닦고 밑반찬을 꺼내둔 채 식탁에 앉아 있었다. 말없이 고개를 꾸벅이는 이령의 모습은 어쩐지 유령 같아 보이기도 했다.

은희가 이령과 대화를 해야겠다고 마음먹은 건 남편 때문이었다. 남편은 이령을 탐탁지 않아 했다. 이령이 은희의 오랜 친구라는 사실도 별 도움이 되지 않았다. 그녀의 남편은 사람은 뒤돌아서는 순간 성격이 달라질 수도 있다고 믿었다. 하물며 수십 년 동안 못 본 아내의 친구라면 그에게는 완전한 타인과 다름없었다. 아니 오히려 타인보다 나빴다. 믿음이란 철저한 의심 끝에 간신히 거슬러 받는 잔돈 같은 것에 불과하다는 게 남편의 지론이었다.

— 요즘 노인 관련 범죄가 얼마나 많은데.

남편은 거의 강박적이다 싶을 정도로 건강 점수를 챙기고 온갖 임플란트를 사용하면서도 자기가 노인이라는 사실을 한시도 잊지 않았다. 겉으로만 보면 영락없는 20대 청년이었는데도, 그는 당당하게 지하철 노약자석에 앉았다. 그가 보기에 세상은 언제든 힘없는 그들 부부를 짓밟을 수 있는 타인들로 가득 차 있는 곳이었다.

처음 남편이 그 이야기를 꺼냈을 때, 은희는 화를 냈다. 남편이 다시 그 이야기를 꺼냈을 때, 은희는 남편을 설득했다. 남편이 세 번째로 그 이야기를 꺼냈을 때, 은희는 아무 말도 하지 못했다. 이령은 닷새가 되도록 아무것도 하지 않고 집에만 틀어박혀 있었다. 이령의 몸에서 이상한 냄새가 났다. 단지 씻지 않았다고 나는 냄새가 아니라 어쩐지 사람을 소름 끼치게 하는 냄새였다.

남편이 먼저 잠든 날, 은희는 방문을 조심스럽게 두드렸다. 들어가도 되냐고 조용히 물으면서, 은희는 딸이 한창 사춘기를 겪을 무렵에나 취하던 제스처가 여전히 자기에게 남아 있다는 사실을 신기하게 여겼다. 이령은 들어오라고 말하는 대신 직접 문을 열었다. 그녀는 조금 전까지 책상 앞에 앉아 무언가를 적고 있었던 듯 자연스럽게 의자에 앉았다. 침대는 은희가 정리해둔 것과 완벽하게 동일한 상태였다. 은희는 침대에 걸터앉았다. 매트리스가 눌리며 원래는 나지 않던 이상한 냄새가 올라왔다. 이령은 은희에게 무슨 일이냐고 묻지 않았다. 은희가 먼저 말을 꺼냈다.

— 지낼 만해? 필요하면 얼마든지 더 있어도 돼.

— 괜찮아. 불편할 텐데.

이령은 가만히 앉아서 말했다. 이령이 이렇게 말이 짧은 사람이었던가. 기억 속 이령은 언제나 자신과 이런저런 사소한 일로 떠들고 있었다. 손짓 몸짓도 큰 사람이었다. 은희는 이런 이령의 모습을 단 한 번도 상상해본 적이 없었다.

— 불편하긴. 살려달라는 건, 우리끼리의 세이프 워드잖아. 내가 중학생 때 너한테 얼마나 고마웠는데.

은희는 그때의 일을 선명히 기억했다. 모든 기억이 버디 안에 저장되어 있었다. 폭력적이던 남자친구에게서 도망치던 일, 이별을 통보한 후에도 그가 계속 찾아와서 한동안 이령의 집에 숨어 살았던 일. 이상한 소문이 돈다 싶으면 그들은 큰 사고를 쳐서 아예 4차원인 애들로 여겨지고자 했었다. 그 시절 둘의 입에서 항시 쏟아지던 웃음소리를 떠올리자 은희의 손에 힘이 들어갔다. 그녀는 그 힘을 그대로 끌어, 이령의 어깨 위에 얹었다.

— 왜 왔어?

이령은 대답하지 않았다. 은희가 다시 말했다.

— 왜 온 거야?

이령은 은희의 손을 잡아 무릎 위에 올렸다. 은희의 손등에 이령의 두 손이 얹히고 손가락이 얽혔다. 이령의 손은 소름 끼칠 정도로 차갑고, 끈적였다.

— 우리가 아무것도 잊지 못한다는 거. 알고 있었어?

버디를 이용하면 기억은 얼마든지 삭제할 수 있다. 하지만 기억을 삭제하면 기억을 삭제했다는 기억이 남고, 그것을 다시 삭제하면 그 삭제의 기록이 남는다. 결국, 무언가를 '완전히' 잊는다는 건 불가능했다. 어떤 기억을 삭제했는지를 영원히 기억하는 이상, 그 기억은 삭제된 것이 아니다. 그것뿐이라면 모를까, 기억이 정말로 지워지는 게 아니라는 점도 문제였다. 기억은 곧 뉴런의 연결 관계다. 버디는 그 연결 관계를 매개할 뿐, 새로운 연결을 만들거나 기존의 연결을 없앨 수는 없다. 한 인터넷 사용자가 자기 브라우저에서 어떤 웹페이지의 내용을 통째로 바꿔놓더라도 결국 서버의 내용이 바뀌지 않으면 다른 사람들이 보는 웹페이지는 달라지지 않는 것과 같다. 버디로 지운 기억은 얼마든지 꿈에 나올 수 있었고, 자그마한 계기만 있어도 얼마든지 다시 떠오를 수 있었다.

이령은 그런 내용의 이야기를 미친 과학자처럼 늘어놓았다. 은희는 자신의 손 위에 생겼던 어떤 에너지가 프랑켄슈타인의 괴물을 탄생시킨 번개와 같은 것은 아니었을까, 하는 생각을 했다. 은희의 손은 어느새 차갑게 식어 있었다. 그 에너지는 모조리 이령의 혀로 전달된 것 같았다.

— 지하철만 탔어.

이령이 말했다.

— 이사했어.

이령이 말했다.

— 일을 그만두었어.

이령이 말했다.

— 남편도 떠났어.

이령이 말했다.

— 무리한 부탁이라는 걸 알면서도 너희 집까지 왔어.

이령이 말했다.

— 그래도 기억나.

이령이 말했다.

— 삭제할 수가 없어.

이령이 말했다.

그때 은희의 입안에 맴돌던 질문은 도대체 뭘 잊지 못하냐
는 것이었다. 하지만 은희는 차마 입을 떼지 못했다. 그녀의
입 밖으로 뛰쳐나간 건 전혀 다른 말이었다.

— 죽으려거든 나 몰래 죽어줘.

다음 날 아침, 은희는 이령이 식탁에 앉아 있지 않은 걸
보고 딸의 방 문을 열었다. 안에 이령은 없고, 희고 두툼한
봉투 하나와 작은 쪽지가 베개 위에 놓여 있었다. 쪽지에는
이렇게 적혀 있었다.

방세라고 생각하고 받아. 혹시 가을이 돼도 내가 연락이 없
으면 이 주소로 찾아와.

은희는 봉투를 열어보았다. 거기에는 10만 원권과 5만 원권을 섞은 지폐 다발이 들어 있었다. 학창 시절 그들은 괜히 기분을 내기 위해 지갑에 지폐를 그런 순서로 넣었다. 은희의 눈앞에 습관적으로 고혈압 경고가 표시되었다. 다음 순간, 하얀 봉투에 얼룩 한 방울이 뚝 떨어져 꿈틀꿈틀 자기 영역을 넓혔다. 소매로 눈가를 훔치며 은희는 자기가 마지막으로 깔깔 웃어본 게 자그마치 반세기 전의 일이었다는 사실을 깨달았다.

은희가 이령을 찾아간 것은 그로부터 몇 년이 지난 후였다. 은희가 이령을 잊었기 때문은 아니었다. 오히려 은희는 이령에 관해 너무 많이 생각했다. 은희는 불현듯 차갑고 끈적한 것이 손가락 사이로 파고드는 감각에 몸서리치곤 했다. 처음에는 2라는 숫자를 볼 때면 그랬다. 시간이 조금 지나자 1과 3을 볼 때도 그랬다. 그다음에는 4, 6, 8이 꽁꽁 얼어붙었다. 결국에는 그 어떤 숫자를 보든 손가락이 얼어붙는 지경에 이르렀다. 모든 보고서가, 모든 통계, 모든 매물이 죽음을 뜻했다.

은희는 당장에라도 이령을 보고 싶었다. 전화를 걸어 그녀의 목소리를 듣고 싶었다. 하지만 그 전에 실적을 회복해야 했다. 그녀는 증권 일을 시작한 이래 가장 낮은 수익률을 기록하고 있었다. 사람들은 그녀가 드디어 세상과의 조율에 실패했다고 수군거렸다. 그녀의 수식과 계산이 이제는 세상을 반영하지 못한다고. 은희는 그런 말에는 조금도 신경 쓰지 않았다. 다만 털장갑을 꼈고, 손난로를 여러 개 챙겨 다녔다. 책상 위에 작은 온풍기를 두었고, 아침마다 뜨거운 커피를 내려 보온병을 가득 채웠다. 하지만 그녀의 노력을 비웃듯 그녀가 보유한 주식들은 저체온증으로 죽은 시체처럼 시퍼런 손가락만 아래로 내려뜨릴 뿐이었다.

— 요즘 왜 이렇게 떨어?

은희는 처음으로 상무의 호출을 받았다. 상무는 머리숱이 곧 권력이라도 된다고 믿기라도 하는 듯 머리가 덥수룩했다. 상무는 책상을 톡톡 두드리며 은희에게 그렇게 말했다. 은희는 상무의 턱 끝을 바라보며 잘하겠다고 대답했다. 하지만 상무는 손가락을 까딱거리며 그게 아니라고 했다.

— 사람들은 금융쟁이가 냉철한 전략가라고 생각하지만, 사실 우리만큼 온갖 미신에 집착하는 집단도 없지. 나는 태양신을 믿는다네. 결정을 내리는 순간마다 창밖을 보지. 구름이 태양을 가리고 있다면 절대 거래하지 않아. 자네에게도 그런 무언가가 있었을 걸세. 내가 보기엔, 요즘 자네의 믿음이 무너진 것 같아. 확신이 부족하니까 자꾸 한발 빠르거나 한발 늦고, 그게 손해로 이어지는 거지.

상무는 거기까지 말하고는 코를 흥, 하고 풀었다. 그 뒤로

20분가량 비슷한 내용을 떠들다가 결국 그가 내린 결론은 일주일간 휴가를 다녀오라는 것이었다. 방을 나서며 은희는 두 손을 문질러 비볐다. 상무는 그녀가 가장 싫어하는 부류였다. 운이 좋아 성공한 인간. 은희를 비롯한 소위 '다음 세대'는 누구나 숫자와 공식에 따라 거래했지, 이상한 미신에 의존하지 않았다. 그러나 책상 앞에 돌아와 모니터를 본 순간 은희는 자기가 믿는 그 숫자 또한 일종의 미신이라는 걸 깨달았다. 갑작스러운 호출 때문에 거래를 미룬 종목이 당장이라도 펄떡거릴 것같이 건강한 빨간빛을 띠고 있었고, 그 근거는 어디에서도 찾을 수 없었다. 그녀는 그길로 퇴근해 이령이 알려준 주소로 갔다. 가는 길은 이미 몇 번이나 찾아봐서 버디에게 물어볼 필요도 없이 훤히 꿰고 있었다.

그곳은 서울 근교의 외진 지역이었고, '사유지: 함부로 통과하지 마시오'라고 적힌 팻말이 그곳을 둘러싼 철책에 걸려 있었다. 문에는 비밀번호를 입력하는 도어록이 달렸고, 그 옆에 길게 늘어진 줄이 하나 있었는데 그 줄은 녹슨 종에 연결되어 있었다. 은희는 줄을 당겨 종을 울렸다. 의외로 맑고 큰 소리가 났다. 소리에 놀란 새 떼가 우르르 날아올랐다. 잠시 후 남자아이 하나가 다가오더니 누굴 찾냐고 물었다. 은희는 어른을 불러달라고 했다. 아이는 지겹다는 듯 고개를 휘휘 젓더니 자기가 여기 문지기라고 했다. 아이의 이마에 주름이 깊게 잡혔다. 은희는 고개를 숙여 아이와 눈을 맞추고, 여기에 있는 친구를 만나러 왔다고 했다.

— 이름이?

아이가 물었고, 은희는 이령이라고 답했다. 아이는 잠깐 눈을 감고 고개를 까딱거리더니 문을 열어주었다.

— 길을 따라 앞으로 쭉 직진. 두 번째 건물로 들어가면 됩니다.

은희는 고개를 숙여 감사를 표하고 안으로 들어갔다. 아이는 은희와 함께 가지 않고 철책 옆의 초소에 틀어박혔다. 은희는 개의치 않고 혼자 걸었다. 길은 나름대로 닦여 있었지만, 풍경은 황량하기 짝이 없었다. 5분쯤 걸으니 첫 번째 건물이 나타났고, 5분 더 걸으니 두 번째 건물에 다다랐다. 두 건물 사이에는 길 말고는 아무것도 없었다. 언젠가 감정평가사를 하는 친구에게 재정 상태가 부실한 D급 지방 대학의 실태에 관해 들은 적이 있는데, 그때 모자로 본 모습과 별반 다르지 않았다. 어쩌면 정말로 망한 대학 하나를 무단으로 개조한 곳인지도 몰랐다.

건물은 마치 기숙사처럼 1층의 좁은 로비와 수많은 방으로 이루어져 있었다. 응접실이든 면회실이든, 외부인을 맞이할 만한 공간은 따로 없고 그저 좁은 로비에 긴 벤치가 두 개 놓여 있을 뿐이었다. 로비 한구석에는 벽면이 유리로 된 작은 사무실이 있었는데, 거기에는 문지기를 자처하던 아이와 똑같이 생긴 아이가 앉아 있었다. 아이는 은희를 보더니 이령이 곧 내려올 거라고만 말하고는 다시는 은희 쪽으로 고개를 돌리지 않았다.

이령은 건물 중앙의 큰 계단을 따라 내려왔다. 이령은 흰 바탕에 파란색 세로줄이 있는 옷을 입고 있었는데, 그 옷은 환자복 같기도 죄수복 같기도 했다. 그 옷, 그리고 얼굴에 주름이 조금 늘어났다는 걸 빼면, 이령은 지난번에 봤을 때와 거의 같은 모습이었다. 은희는 벤치에 앉아 이령을 보았으나 뭐라고 첫마디를 꺼내야 할지 몰라 머뭇거렸다. 그녀는 이령을 만나야 한다는 것만 생각했지, 막상 만나서 어떤 대화를 나누고 무엇을 할지까지는 한 번도 생각해본 적이 없었다. 이령이 무사하다는 걸 확인한 것만으로도 은희는 무언가가 녹아내리는 느낌을 받았고, 손에 땀이 나기 시작했다. 은희는 장갑을 벗어 가방에 쑤셔 넣었다. 그런데 뭔가 이상했다. 이령은 분명 은희와 눈을 마주쳤고, 살짝 웃어 보이기까지 했는데 곧바로 은희에게 오지 않고 아이에게 갔다. 아이는 그새 꾸벅꾸벅 졸고 있었다. 창문을 가볍게 두 번 두드리고 이령이 말했다.

— 무슨 일이에요?

아이가 이령을 보더니 은희를 가리켰다.

— 자네를 찾아왔다는데.

이령은 고개를 돌려 다시 은희를 확인했다. 은희는 자리에서 일어났다. 이령이 다가와 고개를 꾸벅 숙였다.

— 괜찮아?

은희가 떨리는 목소리로 물었다. 이령은 다시 고개를 꾸벅 숙여 보이더니 이렇게 말했다.

— 저는 당신을 기억하지 못합니다. 기억을 제거하는 건 온전히 제 의지로 선택한 바이며 저는 지금 행복합니다.

— 뭐라고?

은희가 묻자 이령은 같은 말을 반복했다.

— 그럼 퇴원해야지 여기서 뭐 해?

— 저는 이곳 생활이 좋습니다. 불필요한 자극은 원치 않습니다.

은희는 어안이 벙벙했다. 무언가 잘못됐다는 건 확실했지만 어디서부터 어떻게 바로잡아야 할지 감도 잡히지 않았다. 동시에 이 모든 게 자기 잘못인 건 아닐까 하는 이상한 죄책감에 온몸의 피가 얼어붙는 것같이 추웠다. 그때, 종소리가 울렸다. 철책에 달린 것과는 달리 꽹과리를 치는 것처럼 신경을 거스르는 소리였다. 이령과 같은 옷을 입은 사람들이 로비에 흐느적흐느적 나타나 두 줄로 도열했다. 그리고 인솔하는 사람도 없는데 두 줄로 행진하기 시작했다. 이령도 자연스럽게 그 줄에 끼어 걸었다. 이령은 은희와 대화하고 있었다는 사실은 까맣게 잊은 듯했다. 은희는 서둘러 이령을 따라갔다. 발이 얼어붙은 듯 쉬이 걸어지지 않았다.

— 어디 가는 거야?

은희가 이령의 팔을 붙잡고 물었다. 이령은 걸음을 멈추지도, 돌아보지도 않았다.

— 일과입니다. 우리는 자급자족하는 공동체입니다.

— 평생 여기서 살 셈이야? 아이는? 남편은?

은희는 거의 애원하듯 소리쳤다. 그러자 이령이 홱 고개를 돌렸다.

— 저는 모르는 사람입니다.

이령은 그렇게 말하고 뚜벅뚜벅 걸어 사라졌다. 은희는 더 이상 그들을 따라가지 못했다.

모자에 담긴 기억은 거기까지였다.

눈을 뜨자 낡은 조끼를 입은 직원이 새 고블릿 잔을 테이블에 내려놓는 게 보였다. 은희는 그걸 바로 집어 꿀꺽꿀꺽 마셨다.

— 설마 왜 그걸 내버려뒀는지 물으려는 건 아니죠?

— 설마 그러려던 참이었습니다만.

은희는 한숨을 쉬었다.

— 그게 합법이라는 게 나도 믿기지 않아요. 그들이 자기 발로 나오지 않는 이상, 밖에서는 어떻게 할 방법이 없대요.

— 하지만…….

— 너무 이상하고, 비정상적이죠.

은희는 남은 잔을 한 번에 비웠다.

— 그래서 모자로 보여준 거예요. 말로 했으면 당신이 이걸 믿었겠어요?

그렇게 말하고 은희는 자리에서 일어섰다. 나는 다리에 힘이 들어가지 않았다. 일어나기에는 어깨가 너무 무거웠다. 간신히 입을 열자 바보 같은 질문이 튀어나왔다.

— 왜 내게 이 기억을 준 거죠?

그녀는 의자를 집어넣고 내 어깨를 잡았다. 아까와는 달리 그녀의 손이 놀라울 정도로 차가웠다.

— 이제 이건 당신 문제예요. 저는 할 만큼 했으니 손 털고 나가려고요.

그녀는 테이블 위에 놓인 봉투를 두 손가락으로 집어들고 까딱까딱 흔들었다.

— 당신 몫이에요.

그 말을 마지막으로 은희는 떠났다. 나는 자리에 앉아 남은 술을 마셨다. 그녀가 멀리 갈 만큼 기다렸다가 밖으로 나가 담배를 피우고 다시 들어왔다. 술을 한 병 더 시켜서 남은 안주와 함께 마셨다. 그녀가 준 돈을 썼다. 돈은 돈일 뿐이라고 되뇌었다. 고블릿 잔의 옆면에 양각으로 새겨진 말을 탄 기사들이 회전목마처럼 빙글빙글 돌았다.

　— 아닙니다. 당신은 역겹지 않습니다.

　모드가 말했다.

9

머리가 깨질 듯 아팠다.

또 이름이 기억나지 않는 그 아이의 꿈을 꾸었다.

이령과 산은 한 번도 꿈에 나온 적이 없다.

지난번에 남겨놓은 마녀수프를 데우자 역겨운 냄새가 나서 전부 버렸다.

'수경, 연인, 사망, 10년'. 마셨다. 저는 모르는 사람입니다.

'유라, 연인, 사망, 8년'. 피웠다. 저는 지금 행복합니다.

'혜인, 연인, 사망, 4년'. 씹고, 뱉었다. 빨간불, 손가락, 오한.

'미희, 연인, 사망, 2년'. 마셨다. 당신 몫이에요.

머리맡에서 얼룩이 말라붙은 텅 빈 봉투가 빙글빙글 돌았다.

정말로, 잊는 건 불가능했다.

10

성아에게 전화를 걸었다. 휴대전화를 수리하느라 답이 늦었다고 했더니 그녀는 별다른 말을 하지 않았다. 다행이었다. 변명하기에 그다지 적합한 정신 상태가 아니었다. 성아는 자기가 매년 참석하는 축제가 있는데 같이 가지 않겠느냐고 물었다. 나는 무슨 축제인지 물어보지도 않고 승낙했다. 그녀가 가애라는 게 오늘은 위안이 되었다. 아무 생각도, 아무 준비도 하고 싶지 않았다. 햇살이 창을 화살처럼 관통해 거실에 밝고 긴 상처를 남기고 있었다. 구름은 태양을 가리지 않았다.

대충 입고 나갔다. 그녀가 차는 가져오지 말라고 해서 오랜만에 지하철을 탔다. 객차에는 아는 얼굴이 하나도 없었다. 나는 모드에게 도착하면 깨워달라고 말하고 잠깐 잤다. 꿈은 어제 모두 꿔버렸는지 덜컹거리는 시간이 미약하게 느껴질 뿐 아무런 꿈도 꾸지 않았다. 승객들의 목소리가 다른 세계에 속한 듯 어슴푸레하게 들렸다.

역 밖으로 나오자 높은 건물들 사이에 거대한 광장이 있었다. 성아가 먼저 도착해 나를 기다리고 있었다. 나는 늦지 않았지만, 습관적으로 미안한 표정을 지어 보였다. 성아는 정말 괜찮다며 손사래를 쳤다. 그녀는 오히려 나를 걱정했다. 아픈 줄 알았다고 했다. 성아의 표정은 먹구름 한 점 없이 밝았다.

— 당신은 역겹지 않습니다.

모드가 말했다.

성아가 앞장서고 나는 반걸음 뒤에서 따랐다. 걸음을 옮길수록 사위가 요란해졌다. 나는 성아에게 계획이 있겠지, 하며 찬찬히 걸었다. 머리를 쓰고 싶지도 않았고, 지난번의 일로 나는 그녀를 약간은 믿고 있었다. 그녀는 어쨌든 뭐든 수습을 하려는 종류의 인간인 것 같았다. 그것이 가애로서의 친절이라고 하더라도 지금은 나도 따뜻한 대우가 좀 필요했다.

정체불명의 소리 타래 속에서 가장 먼저 분리되어 나온 것은 드럼 소리였다. 하드포크 특유의 느릿하면서도 요란한 비트. 그 위에 일렉트릭 기타의 중독적인 리프가 얹혔다. 포크 기타가 포장지처럼 노래를 덮었고, 베이스 소리는 거의 들리지 않았지만 분명 연주되고 있을 터였다. 조용히 읊조리는 노

랫말이 들려왔다. 비틀스의 노래를 개사한 하드포크 스탠다
드 중 하나였다.

댕댕 맥스웰
딸기밭을 망치로 망치지 마시오
꽥, 윌리스
도와주시오! 구멍에 빠졌소!
블랙번에는 별것 아닌 구멍이 4,000개나 있소
당신은 아무 곳에도 없는 거나 마찬가지
내 차를 몰아도 되오
나는 스타가 될 몸이오
기타가 부드럽게 울고
잠수함은 황달에 걸렸고
딸기밭에는 구스베리밖에 없소

노랫말이 사라지고 다시 밴드의 연주가 길게 이어졌다. 하
드포크 밴드들은 이런 재즈적 구성을 포크록과 자기들의 차
별점으로 여기는 모양인지 그들의 노래에는 항상 이런 늘어
지는 구간이 들어 있었다. 그런 점 때문에 하드포크 노래들
은 언제나 기능적이라는 느낌을 주었다. 뉴에이지와 로파이
재즈가 그러했듯 하드포크의 가장 큰 애청자는 정신노동자

와 카페 점주들이었다.

광장을 가득 메운 천막들이 보였다. 그걸 보니 퀴어 퍼레이드에 봉사 활동을 갔을 때와 비슷한 느낌이 들었다. 그때 나는 나체로 뛰어다니는 사람들이 퍼레이드 구역을 벗어날까 봐 조마조마한 마음으로 지켜보았으나 그들은 차림새와는 달리 놀랍도록 이성적이었다.

— 시위예요.

성아가 내 생각을 읽기라도 한 듯 갑자기 입을 열었다. 내가 놀라자 그녀는 설명을 덧붙였다.

— 과격한 건 아니에요. 사실 그냥 플리 마켓이죠, 뭐.

성아가 히히 웃었다. 나는 어이가 없었다. 때론 놀라움이 슬픔을 기습해 승리를 거두기도 한다.

광장 한가운데에는 연단을 겸하는 스테이지가 있었고, 무대를 둘러싼 작은 마을처럼 천막들이 드문드문 배치되어 있었다. 각각의 천막을 차지한 사람들은 전형적인 플리 마켓 참가자로, 열심히 꾸민 천막 아래서 물건을 팔고 있었다. 주위를 경찰이 드문드문 둘러싸고 있는 걸 봐서는 정식으로 집회 등록을 하고 벌이는 행사인 것 같았는데, 구호를 외치지 않고 이렇게 굴어도 시위 허가가 나는 모양이었다. 하긴 자유권의 일종이니 형태로 문제 삼는 것도 이상하긴 했다.

시위는 동물권 보장에 관한 것이었다. 개와 고양이, 심지어는 새까지도 그 좁은 구역 안에서 자유롭게 싸돌아다녔다. 그걸 찍겠다며 우르르 몰려다니는 사람들 때문에 행사장은 아수라장 그 자체였다. 성아는 이런 혼란이 즐거운지 노래에 맞춰 예에—, 하고 소리치며 입장권을 끊었다. 우리는 2만 원짜리 종이 쪼가리를 손목에 감고 줄을 섰다. 근처에서 경찰들이 다리를 떨며 잡담을 나누고 있었다. 종종 행사장 안의 누군가가 나와 그들에게 간식을 주고 갔다. 비건 쿠키 같았는데, 쪼개면 마치 산낙지처럼 꿈틀꿈틀 움직이며 비명을 질러댔다. 그들은 겁도 없이 쿠키를 나눠 먹었다. 뚝뚝 떨어지는 붉은 액체를 연신 훔쳐대며 경찰들이 말했다.

— 딸기잼은 너무 많이 흐르는군.

— 바나나잼보단 낫지 않나. 그건 거의 곤죽이었어.

그러고는 길게 늘어선 줄을 보며 낄낄거리며 침을 뱉었다.

— 지인이 오늘 부스를 한다고 하던데, 혼자 오기는 어색해서요.

성아는 경찰들에게서 눈을 돌리고 내게 말했다. 나는 그럼 그 부스부터 들렀다가 천천히 돌자고 했는데, 성아는 고개를 저었다.

— 맛있는 건 나중에 먹어야 해요. 딸기케이크의 딸기처럼요.

— 그게 무슨 지난 세기 여고생 같은 소리야.

─ 제가 좀 젊게 살아요.

성아가 내 팔을 잡아끌었다. 성아의 손은 따뜻했다. 폭력적
이라고 느껴질 만큼.

밖에서 볼 땐 무질서해 보이는 행사장이었지만 안에는 나
름의 규칙이 있었다. 말하자면 회전 교차로 같은 방식이었는
데, 모두 한 방향으로 돌다가 천막이나 동물, 공연 따위를 보
려고 줄에서 이탈했다가 줄로 돌아오는 식이었다. 줄에서 나
가는 건 아무 데서나 가능했지만 돌아오는 구멍은 한정되어
있어서 하나도 놓치지 않고 보려면 꼭 옛 수동 전화기처럼
빙글빙글 돌아야 했다. 사람들이 질서 정연하게 움직이는 반
면 동물들은 사람들의 다리 사이가 놀이터라도 되는 양 자
유롭게 돌아다녔다. 취지에 맞다면 맞는 운영 방식이었다만
썩 마음에 들지는 않았다. 나는 예전부터 석촌호수에는 절대
가지 않았는데, 모두 같은 방향으로 돌라고 그려져 있는 화
살표가 마음에 안 들어서였다. 산책로가 아니라 꼭 컨베이어
벨트 같았다. 몇몇 사람들이 농장의 소들이 귀에 달고 있는
것과 비슷한 노란 딱지 모양의 귀고리를 걸고 있어서 더더욱
그런 기분이 들었다.

우리는 사람들의 행렬을 따라 걸으며 눈길이 가는 몇몇 천
막에 들렀다.

길고양이를 위한 무료 배급소를 만들어줘야 한다고 주장하는 한 천막에서는 길고양이의 일주일을 녹음한 ASMR CD를 팔았다. CD플레이어를 쓰는 사람은 요새 아무도 없었기에 실제로 콘텐츠가 어떤지 들어볼 방법이 없다는 게 코미디였지만, CD의 물성 자체를 좋아하는 사람들은 아직 꽤 있는지 제법 팔리고 있었다. 나름 멋들어지게 만든 CD 커버 덕분이었는지도 모르겠다. 성아는 턴테이블은 있는데 CD플레이어는 없다면서 사지 않았다. 천막지기들은 다음에는 LP로도 제작하겠다며 다음에도 꼭 들러달라고 넉살을 부렸다. 말투로 보아 서로 면식 정도는 있는 사이인 것 같았다.

유전자조작 생물을 연구한다는 매드 사이언티스트도 있었다. 그의 천막에서는 불법이 아닌가 싶은 물건을 팔았다. 죽은 동물에게 뿌리면 0.1퍼센트의 확률로 부활할 수도 있다는 포션이었는데, '살아 있는 생물에게 뿌리는 건 불법'이라고 적힌 붉은 딱지가 붙어 있었다.

— 부활에 실패하면 어떻게 되죠?

내가 물었는데, 천막지기는 뭘 그런 걸 다 묻냐는 표정으로 대답했다.

— 그럼 그냥 죽은 걸로 끝나는 거죠, 뭐.

내 질문은 그런 뜻이 아니었는데, 말을 바꿔서 다시 물어도 천막지기는 영양가 있는 대답을 하지 않았다. 어쩌면 매드 사이언티스트답게 자기 제품이 어떤 작용을 하는지 잘 모르는 건지도 몰랐다. 내가 답답해하는 모습을 보며 성아는 옆에서 깔깔거렸다. 보육원에서도 그렇고 그녀는 나를 꼭 영화 속 캐릭터로 보고 있는 것 같았다.

뜬금없이 인간의 생명권 보장을 주장하는 천막도 있었다. 소 인식표를 닮은 노란 귀고리는 그 천막에서 파는 거였다. 그 귀고리의 이름은 '수명'이었고, 귀고리 말고도 열쇠고리나 배지 등의 다양한 베리에이션이 있었다. 천막지기의 설명으로는 자기 남은 수명을 보여주고 다닐 수 있는 액세서리라고 했다. 젊은이들은 재미있다고 생각했는지 몇 개씩 사서 아무날짜나 입력하여 달고 다녔다.

— 나 이 기간 안에 연애할 거다.

— 그래그래, 10만 원 건다니까.

이런 식의 시시콜콜한 대화가 들렸다. 천막지기는 그들에게 서비스로 비건 초콜릿을 주었다. 고백할 때 쓰면 효과가 두 배일 거라는 너스레를 덧붙이는 것도 잊지 않았다.

— 사랑으로 키운 카카오로 만들었으니, 분명 효과가 있을 겁니다.

그 천막에는 '수명' 시리즈 말고도 임플란트 유언장이나 버튼을 누르면 '록 이즈 올레디 데드'라고 외치는 미러볼 모양의 액세사리 같은 것도 있었다. 나로서는 유일하게 마음에

드는 천막이어서 '임플란트 심장입니다. 제가 쓰러지면 CPR을 해도 소용없습니다'라고 쓰인 휴대전화 케이스를 샀다. 요새는 유럽에서도 증상 카드 대신 휴대전화 케이스를 쓰는 게 유행이라고 한다. 한때 정부에서 타투를 새겨주는 서비스를 제공하기도 했지만, 실태 조사를 해보니 타투를 무료로 하려는 체리 피커가 많아서 폐지된 이후로는 늘 이랬다. 성아는 내게 자기 휴대전화 케이스도 골라달라고 했다. 나는 대충 옆의 것을 추천했다. 거기에는 '제가 죽인 게 아니라 국가적 타살입니다. 오해하지 말아주세요'라는 문구와 함께 화살표가 그려져 있었다. 천막지기는 우리가 물건을 두 개나 구입한 게 고마웠는지 사진을 찍어주었다. 우리는 케이스가 잘 보이게 얼굴 절반을 휴대전화로 가리고 사진을 찍었다.

— 남편분, 좀만 더 웃으세요. 스마일!

천막지기가 외쳤다.

성아의 지인이라는 사람은 내가 눈길도 주지 않고 지나쳤던 초입에 있었다. 그건 아주 전통적인 천막이었는데, 동물과 식물을 대상으로 하는 실험을 전혀 거치지 않고 만들었다는 향수를 팔고 있었다. 우리가 다가가자 천막을 지키던 노란 머리 남자가 손바닥을 내밀었다. 성아는 그 손바닥에 세게 하이파이브를 해주었다. 짝 소리에 몇 사람이 우리를 돌아봤다가 별일 아니라는 걸 확인하고는 다시 고개를 돌렸다.

남자의 이름은 문준이었고, 성아와 물 흐르듯 대화를 나눴다. 둘은 마치 어제까지 함께 있던 사이인 듯 친밀해 보였다. 나는 반 발짝 떨어져서 마치 성아와는 우연히 동행하게 된 사이인 척 굴었다. 둘의 관계가 어떻게 되는지도 잘 모르는데 괜히 문제에 휘말리고 싶지 않았다. 다른 한편으로는 성아가 어떻게 대응하는지 보고 싶기도 했다. 근황과 지인에 관한 이야기를 나누던 중 성아는 깜빡했다는 듯 내 팔을 끌어당겼다. 악력이 의외로 꽤 셌다. 만에 하나라도 싸울 일은 만들지 말아야겠다, 메모.

— 요즘 좋아하는 사람이야.

— 유온이라고 합니다.

문준은 그제야 내게 관심이 생겼다는 듯 고개를 들이밀고 나를 눈으로 훑었다. 망고 향이 훅 끼쳐왔다. 성아가 지난번에 만났을 때 풍긴 것과 비슷한 향이었다. 그의 눈빛에는 묘한 경계의 빛이 어려 있었다. 그는 마치 뭔가를 꿰뚫어 볼 줄 안다는 듯 거만하게 말했다.

— 수명 너무 짧은 사람이랑 사귀면 다친다.

— 뭐래, 너만 할까.

성아는 웃으며 대꾸했지만, 말을 더듬지 않는 걸로 보아 기분이 좀 상한 것 같았다. 나는 문준이 그걸 알아챘을지 궁금했다.

— 그래서 하는 얘기야. 나 코 하나는 끝내주잖아. 이 사람 그제 다른 여자랑 있었어.

— 대꾸하지 않는 게 좋을 것 같습니다만.

모드가 내가 뭐라 말하기도 전에 나를 막았다. 그제의 실수 때문인지 굉장히 신속했다. 과연 두 세기 전엔 뇌파를 이용한 자유의지 실험이 꽤 있었다고 들었는데, 이 정도 속도면 오인할 만도 하겠다 싶었다. 그 실험을 했을 때 과학자들은 버튼을 눌러야겠다고 결심하는 것보다 버튼을 누르라는 명령이 먼저 발생하는 걸 관찰하고 인간에게 자유의지란 없다고 주장했다. 요즘 기준에서 보면 신경 동시성을 이해하지 못한 성급한 결론일 뿐이었지만 당시에는 꽤 센세이셔널한 실험이었다나.

성아는 내게 눈길을 한번 주더니 다시 문준에게 고개를 돌렸다. 이제는 정말 화가 난 것 같았다.

— 유치하게 굴지 마.

— 미안, 나는 정말로 걱정돼서.

그는 그제야 돌아가는 분위기를 좀 파악한 것 같았다. 하지만 성아의 표정은 쉽게 풀어지지 않았고, 문준은 남자들이 흔히 취하는 무의미한 전략을 썼다. 물건으로 환심을 사려고 드는 것이었다. 그는 테이블 아래에서 작은 유리병 두 개를 꺼내 우리에게 건넸다. 우리는 굳이 거절하지 않았다. 문준은 향수를 준 다음에도 계속 무언가를 설명하려는 듯 횡설수설했는데, 그 서툰 꼴을 보니 그가 악의가 있는 게 아니라 그냥 말주변이 없을 뿐이라는 걸 알 수 있었다. 그는 성아가 도리어 지겨워할 때까지 의미 없는 사과를 반복했다. 그건 마치 경험 적은 남자가 짝사랑 상대 앞에서 버벅대는 것과 비슷해서 조금 안쓰러워 보일 지경이었다. 그는 성아가 이제 간다며 하이파이브를 해주고서야 처음 만났을 때처럼 웃었다.

우리는 문준과 어색하게 헤어지고 걸었다. 성아는 머리를 긁적였다.

— 미안해요. 나쁜 사람은 아닌데.

— 괜찮아.

나는 정말 괜찮았다. 누구도 타인의 잘못 때문에 미안해해서는 안 된다는 게 내 지론이다. 그랬다가는 삶의 길이보다도 미안해할 일들의 목록이 더 많아져버릴지도 모른다. 스스로 짊어진 것들만 해결하기에도 삶은 모자라다.

성아가 새로운 화제를 찾기 위해서인지 두리번거리는데, 와아, 하는 함성과 함께 날카로운 사이렌 소리가 울려 퍼지기 시작했다. 천천히 움직이던 인파가 빠르게 뒤섞였다. 우리는 행사장 밖으로 빠져나가는 줄에 서 있었다. 하지만 이제 그 똬리와 같은 줄을 유지하는 규칙은 폐기됐다는 듯 다들 제멋대로 움직이기 시작했다. 사람들 사이를 오가던 동물들은 사이렌 소리에 맞춰 영특하게도 모두 주인의 품으로 돌아가고 없었다. 나는 당황했고, 성아는 깜짝 놀란 듯 시계를 보았다. 그러더니 이런, 하고 이마를 짚었다. 내가 뭐냐고 묻기도 전에 성아가 내 손목을 잡았다.

— 뛰어요.

성아가 달리기 시작했다. 나도 그녀를 따라 달렸다. 손목과 무릎 관절에 부하가 간다는 붉은 신호가 표시되었다. 성아는 잘 뛰었다. 과연 병원과 어린이집에서 공통적으로 숙련될 만한 기술은 완력과 달리기 실력이었다. 언제 작업했는지 군데군데 천막 사이에 공간이 생겨서 사람들은 공간에 갇히지 않고 자유롭게 오갈 수 있었다. 천막을 둘러싸고 있던 펜스는 진작에 철거되어 있었다. 성아가 달리면서 말했다. 그녀가 전혀 헐떡이지 않아서 나는 그녀가 어떤 생활 습관을 지녔는지 문득 궁금해졌다.

— 이게 단순한 플리 마켓이 아니라 시위인 이유예요. 5시가 넘으면 진짜 시위가 되거든요.

인파는 그곳에서 빠져나가는 사람과 이제라도 들어가려는 사람들로 뒤섞여 혼란스러웠다. 경찰차와 전경 버스도 하나씩 들어오며 거리가 통제되기 시작하는 게 보였다.

— 큰일이네요. 빨리 나갔어야 했는데.

성아는 애가 타는지 말을 더듬었다. 시위의 중심에서 빠져나오자 공간에 여유가 좀 있었다. 하지만 대중교통을 이용하는 건 현실적으로 어려워 보였다. 이 주변에선 정체가 엄청날 것이고, 지하철역 앞에도 장사진을 이룬 사람들이 보였다.

성아는 잠깐 생각하는 듯하더니 말했다.

— 우리 집에 가요.

성아는 처음부터 이럴 계획으로 나를 여기에 데려온 게 아닐까, 하는 생각이 들었다. 나는 그 생각을 털어버리듯 고개를 끄덕였다.

성아의 집은 대로에서 한참 벗어난 한적한 골목의 한 오피스텔이었다. 성아는 집에 언니가 있지만, 언니도 자기처럼 쾌활한 사람이니 괜찮을 거라고 떠들었다. 여자들 집에는 많이 들어가봤지만, 가족과 같이 사는 집에 가는 건 처음이었다. 나는 성아를 따라 걷다가 편의점을 하나 발견하고 비타민 음료 한 박스를 샀다. 성아는 그 모습을 보고는 이상하게 성실한 사람이라면서 한바탕 웃음을 터뜨렸다. 그녀는 그런 건 필요 없다고 했지만 나는 내 마음 편하자고 하는 일이라고 박스를 잡고 버텼다.

나는 성아를 따라 엘리베이터를 타고 3층으로 올라갔다. 성아는 도어록 앞에 서더니 내게 뒤로 돌라고 말했다. 나는 순순히 그녀가 시키는 대로 했다. 그녀의 집은 고전적인 비밀번호 도어록을 사용했다. 여자 둘이 사는 집이니 차라리 각막 인식이나 지문 인식을 쓰는 게 낫지 않을까 생각했는데, 좀 더 섬뜩한 생각까지 하고 보니 비밀번호가 나쁘지는 않은 선택인 것 같았다. 각막과 지문은 한 명을 죽여서 손에 넣는 방법도 있다. 하지만 비밀번호는 죽어도 말하지 않으면 알아낼 수 없다.

— 당신은 역겹지 않다니까요.

모드의 목소리가 들렸다.

성아가 내 어깨를 톡톡 두드렸다. 뒤돌아보니 현관이 열려 있었다. 문틈으로 보이는 성아의 집은 따뜻한 연노란색으로 빛났고, 고소하고 달콤한 냄새를 풍겼다. 냄새의 밀도로 보아 방향제가 아니라 누군가 요리를 하는 것 같았다.

— 실례합니다.

나는 누구에게랄 것도 없이 인사하며 성아를 따라 집 안으로 들어갔다. 현관은 조금 작았고, 내 구두가 성아의 단화 옆에 놓이니 현관이 가득 찼다. 나는 신발장을 열고 구두를 안에 넣어야 할까 잠깐 고민하다가 그대로 발걸음을 옮겼다. 어차피 이 집에서 가장 먼저 나가는 사람은 내가 될 테니 별로 문제가 되지 않을 것 같았다. 마루가 원목으로 되어 있는지 걸을 때마다 경쾌한 탄력이 발끝으로 전해졌다. 어쩌면 사람의 성격은 자기 집 바닥의 재질과 어떤 연관 관계를 맺는 걸지도 모른다. 하지만 우리 집이 떠오르자 나는 그 생각이 틀렸다는 사실을 알았다. 우리 집 바닥재는 아주 단단하고 반짝이는 대리석이다. 물론 그건 아내가 남긴 것이지만, 나나 아내나 성격에 대리석을 연상시키는 측면이라고는 전혀 없었다.

— 갑자기 오면 어떻게 해?

퉁명스러운 목소리가 들려왔다. 왼편에서 한 여자가 고개를 불쑥 내밀었다. 성아의 언니인 것 같았다. 그녀는 성아와 닮았지만, 언니라는 걸 드러내듯 조금 더 차분하고 단정한 인상의 소유자였다.

— 미안. 그래도 어차피 식재료 처리해야 했으니까 마침 잘됐지, 뭐.

성아가 대답했다. 둘은 내 존재를 잊기라도 한 것처럼 한동안 내게는 눈길도 주지 않고 저녁 식사 얘기를 나누었다. 앞서 천막 아래에서도 그렇고 어쩌면 성아는 한 가지 일을 시작하면 다른 일을 관장하는 머릿속 회로가 멈춰버리는 유형의 사람인지도 몰랐다.

나는 성아보다 앞서서 집에 들어가버리기도 뭣하고, 그렇다고 둘의 이야기를 끊는 것도 예의가 아닌 것 같아서 비타민 음료를 분리형 식탁에 올리는 걸로 내 존재를 표시했다. 성아는 깜빡 잊었다는 듯 내 어깨를 잡았다.

— 이 사람이 유온 씨야.

— 안녕하세요, 성아 언니 주아입니다.

주아가 손을 내밀었다. 나는 주아의 손을 맞잡고 간결하게 흔들었다. 주아는 손이 아주 단단한 사람이었다. 악력이야 가족 내력일 수도 있겠지만 손이 돌처럼 딱딱한 사람은 처음이었다. 혹시 개조주의자일까 싶었지만, 반소매 옷을 입은 덕분에 그대로 드러난 오른쪽 팔뚝에는 연장된 전도성 타투나 불룩한 선이 보이지 않았다. 이런저런 기구들을 몸에 달기 위해선 버디 연장은 필수다. 만약 그녀의 팔이 여섯 개였거나 꼬리가 달려 있었더라면 나는 아마 표정을 숨기지 못했을 것이다.

주아는 성아를 째려보며 말했다.

— 조금만 기다리세요.

— 죄송합니다. 저 때문에.

— 괜찮아요. 조금만 기다리세요.

주아는 그렇게 말하고 다시 주방으로 들어갔고, 성아는 나를 끌고 거실로 갔다. 거실에는 키 큰 조명등 하나와 소파 베드, 화분 몇 개, 이런저런 물건이 놓인 작은 책장이 있었다. 돌을 모은다던 성아의 말은 사실이었던 듯, 다양한 모양의 돌이 인테리어 소품처럼 여기저기 놓여 있었다. 개중에 크기가 크거나 예쁜 것들은 정말 어디서 사 온 게 아닐까 싶을 정도로 집에 잘 어울렸다.

집은 문이 세 개 있는 걸로 보아 투룸인 것 같았다. 각 문에는 별다른 표시가 되어 있지 않았다. 돌을 빼면 개인적인 물건들이 하나도 보이지 않아서 꼭 모델하우스 같았다. 적어도 안방까지 들어가보지 않는 이상 둘이 사는 집이라는 사실을 알 수 없도록 꾸며진 집이었다. 성아가 남자를 집에 데려오면 언니는 자연스럽게 숨어 있다가 빠져나갈 수도 있을 만해 보였다. 성아와 주아는 둘 다 가애이거나, 적어도 주아 역시 성아가 무슨 일을 하는지 알고 있고 그에 긴밀히 협조하는 관계인 것 같았다.

나는 성아가 왜 나를 언니와 만나게 했는지 의문스러웠다. 가애는 보통 외로운 상대를 공략하며 상대가 외로운 만큼 자신도 외롭다고 어필한다. 그래야 마치 세상에 단둘만 있는 것 같은 느낌을 줄 수 있기 때문이다. 성아는 어쩌면 가애 일을 시작한 지 얼마 되지 않은 초심자일 뿐이었던 걸까. 그러나 집을 보며 이런저런 평가를 내리던 마음은 곧 차갑게 식었다. 나라고 얼마나 잘하고 있다고 다른 사람을 평가한단 말인가. 가애의 능력은 오로지 수명과 재산으로 증명될 따름이다. 애당초 성아를 따라 집까지 온 이상 내가 그녀의 기술에 관해 뭐라고 왈가왈부할 처지는 아니었다.

성아는 책장 뒤에서 접이식 테이블을 가지고 와 거실 한가운데에 펴더니 바닥을 톡톡 두드렸다. 나는 성아가 두드린 자리에 앉았다. 성아는 부엌으로 들어가 맥주 세 캔과 가스버너를 가지고 돌아왔다. 뉴 드링크 계열의 맥주였다. 나는 가스버너를 테이블 위에 세팅하기 무섭게 맥주를 따는 성아를 보며 물었다.

— 안 도와줘도 돼?

— 괜찮아요. 이렇게 손님을 데려올 땐 손님 대접을 먼저 하는 게 우리 규칙이니까.

성아는 신경 쓰이지도 않는지 맥주를 들이켜고는 내게도 눈치 보지 않아도 된다며 직접 맥주 캔을 따 주었다. 그다지 맛있는 맥주는 아니었지만 적절한 산미가 있어서 입맛을 돋우기에는 나쁘지 않았다.

주아가 냄비를 가지고 와 가스버너 위에 올렸다. 고소하고 달콤한 냄새는 쓰유와 가다랑어포 냄새였던 모양이다. 통이 넓은 냄비에는 각종 채소와 버섯이 가득 들어 있었다. 주아는 다시 주방으로 들어가더니 접시 두 개에 얇게 자른 샤부샤부용 고기와 이런저런 해산물을 담아 왔다.

— 마침 냉장고를 비우는 날이었으니, 잘됐어요.

주아가 밝게 말하고는 맥주를 땄다. 우리는 건배하고 먹었다. 간단한 전골 요리였지만, 재료가 풍부해서 맛있게 먹을 수 있었다. 주로 성아와 주아가 대화했고, 나는 듣는 편이었다. 화제가 돌다 보니 성아는 어느새 둘이 살기에는 꽤 넓은 그들의 집에 관해 설명하고 있었다. 그녀들의 부모는 주아가 50대가 되는 해에 이 집을 그들에게 물려주고 앞으로는 서로 경제적으로 전혀 관여하지 말고 살자고 했다고 한다. 당연한 이야기지만 서울 한복판에 집을 구하는 건 여간 어려운 일이 아니어서 자매는 그 집에 같이 살게 되었는데, 그게 지금까지 이어졌다고 했다.

나는 깜짝 놀라 물었다.

— 연을 끊은 거야?

성아가 손사래를 치며 웃었다.

— 아뇨. 지금도 잘 지내요. 1년에 한두 번은 꼭 보고요.

— 어쩌다가 그렇게 된 거야?

— 평생 경제적으로 얽혀 있기에는 너무 오래 사니까요. 자연스럽게 그렇게 된 것뿐이에요.

— 잘됐지, 뭐. 두 분이 우리 챙기다가 노후 대비 못 하는 건 우리도 싫었으니까.

주아가 끼어들었다. 냄비 안으로 새우를 쓸어 넣으며 말하는 투가 무덤덤했다. 나로서는 겪어본 적 없는 부모와 자식 관계였다. 어머니와 아버지가 지금까지 살아 있었다면 우리도 같은 결론에 도달했을까? 절대로 알 수 없을 일이었다. 어머니와 아버지는 시대의 단층이 갈라지며 생긴 균열을 무사히 뛰어넘지 못했다. 단 몇 걸음 차이로.

— 사람은 너무 오래는 함께 살 수 없도록 만들어진 건지도 몰라.

내가 누구에게랄 것 없이 중얼거리자 성아가 테이블 아래로 내 손을 잡았다.

— 뭐든 시간이 지나면 졸업할 수밖에 없는 거겠죠.

재료는 정말 많았다. 어느 순간부터 우리는 음식은 거의 건드리지도 않고 맥주만 계속 가져와서 먹었다. 뉴 드링크에도 알코올이 포함되어 있기에 취하지 않는 건 아니다. 단지 맛의 문제일 뿐이다. 성아는 맥주가 맛이 없다며 투덜댔고, 그건 나도 동감이었다. 왜 맛있는 것들은 하나같이 몸에 안 좋은 건지. 해로운 성분들만 제거했다고 하는 뉴 드링크에는 뭐라 콕 집어 말하기 어려운 맛없음이 있었다. 성아는 내게 살짝 몸을 기울이더니 주아가 건강에 무지 신경을 써서 집에 이런 것밖에 없다고 했다. 주아가 다 들린다면서 유온 씨는 잘 놀고 있는데 왜 그러냐고 핀잔을 주었다.

우리는 술을 마시며 노래를 불렀다. 성아는 놀랍게도 하드포크의 팬인 듯, 기타를 꺼내 들고 하드포크 곡을 몇 곡이나 연주했다. 성아는 비틀스의 곡을 번안한 노래를 몇 곡쯤 부르다가, 어쩐지 CCM과 비슷한 느낌이 나는 곡을 연주했다. 내가 안절부절못하는 걸 본 성아는 이곳이 시공법을 잘 지켜 지은 건물이라 괜찮다고 했다. 과연 아무리 노래를 불러도 문을 두드리는 이는 없었다. 나는 박자에 맞춰 테이블을 두드려주었다. 주아가 간단한 타악기 하나를 꺼내 왔다. 둥근 원통에 쇠구슬이 달린 아프리카 전통 악기라고 했다. 문지르고 두드리는 걸로 연주할 수 있어서 금방 익숙해졌다. 나는 성아의 노래에 맞춰 그럭저럭 악기를 쳤다.

— 93점!

노래가 끝나자 주아가 웃으며 맥주를 들었다. 우리는 야박하다고 투정하며 건배했다. 주아의 얼굴은 웃을 때 약간 찡그리는 듯 구겨졌는데, 눈가에 둥근 주름이 졌다. 제거하기 어렵지 않은 위치에 있는 주름이었지만, 주름이 자신의 단정한 매력을 오히려 돋보이게 해준다는 걸 스스로도 알고 있는 것 같았다.

— 언니, 그렇게 웃지 말라니까.

성아가 주아의 눈가에 손가락을 대고 주름을 폈다. 주아는 얘가 또 왜 이래, 하는 양으로 성아의 손을 밀어냈다. 성아는 과장된 동작으로 한숨을 쉬었다.

— 이상하게 저 주름만 안 지우려고 한다니까요. 왜 그러는지 모르겠어, 진짜.

— 이건 매력 주름이라니까. 유온 씨는 이해할걸?

자매의 두 눈이 화살처럼 나를 겨누었다. 나는 모드가 추천해준 대답을 그대로 읊었다.

― 매력적인 주름이라고 생각해.

― 정말로요?

성아가 믿기지 않는다는 듯 외쳤다.

― 정말로. 우아하고 단정한 주름이야.

― 거봐.

주아는 성아의 어깨를 툭 치고는 내게 손바닥을 내밀었다. 나는 손바닥을 마주쳐주었다.

― 우리 좀 잘 통하는 거 같아.

주아와 성아는 함께 웃었다. 과연 누군가와 함께 살기 위해서는 이 정도로 잘 맞아야 하려나 싶었다. 이령의 미소를 마지막으로 본 게 언제인지 헤아려보니 30년 7개월 19일 5시간 36분 전이었다.

― 알죠?

모드는 이틀째 같은 위로를 반복하더니 이젠 질려버린 모양이었다. 그때 주아가 내 어깨를 톡톡 두드렸다. 어깨에 운석이라도 떨어진 기분이었다. 모드가 근육의 경미한 손상을 알렸다.

― 그래서 둘이 무슨 사이야?

나는 알아가는 사이라고 얼버무렸으나 주아는 좀 취했는지 동생이 위험한 사람에게 놀아나는 건 아닌지 알아야겠다

며 막무가내였다. 대화는 모종의 취조처럼 돌아갔는데, 상견
례를 할 때 장인어른과 사위 사이에 발생하곤 한다는 알력
관계에 관한 농담과 비슷한 것도 같았다. 정말로 농담처럼,
주아의 질문에 대한 답은 모두 '아니오'로 정해져 있었다.

— 고약한 잠버릇 있어? 같이 자는 사람의 목을 조른다든가.

— 이상한 성적 취향 있어? 때리거나 목을 조르는 걸 좋아
한다든가.

— 뭔가에 중독된 거 있어? 술이라든가, 마약이라든가, 도
박이라든가.

— 아내와 아이가 없는 건 사실이야? 정말로 한 번도 없었
던 거야, 아니면 지금 없는 거야?

— 그만해.

성아가 옆에서 말렸지만 주아는 그만두지 않았다.

— 솔직히 대답해줬으면 해.

나는 거짓말을 할지 그냥 솔직히 말할지 잠깐 고민했다. 하
지만 유불리가 걸려 있지 않은 관계에서 저울질하는 게 무
슨 의미가 있나 싶었다. 나는 아내와 지금은 만나지 않으며,
아이에 관해서는 말하고 싶지 않다고 했다. 은희의 모자에서
본 기억은 말하지 않았다.

주아가 물었다.

— 이혼했다는 뜻이야?

나는 고개를 저었다.

나는 아내와 이제는 연락할 방법도 없어서 둘 중 하나가 죽지 않는 이상 소식을 들을 일이 없을 것 같다고 말했다. 이런 관계를 부부라고 부를 수 있는지는 나도 잘 모르겠다고.

한동안 아무도 말이 없는 가운데 냄비만 부글부글 끓었다. 주아는 머쓱한지 냄비에서 고기를 건져 각자의 그릇 위에 올려주었다. 고기가 너무 익어서 약간 질겼다.

— 이는 튼튼하지?

주아가 멋쩍은 듯 말했는데, 그렇게 말하면서 눈가의 주름이 u자를 그리는 게 울먹이는 것 같아서 나는 그만 웃어버렸다. 주아는 미안하다며 궁금한 게 있으면 뭐든지 물어보라고 했다. 사실 나는 그다지 궁금한 게 없었지만, 아무것도 묻지 않으면 딱딱하게 굳은 분위기가 풀리지 않을 기세였다. 나는 좀 고민하다가 성아와 문준의 관계를 물었다.

— 걔 결혼도 하지 않았나?

주아는 휴대전화를 뒤적이더니 문준의 메신저 프로필을 보여주었다. 그는 페스티벌에서 본 그 뚱한 남자가 맞나 싶을 정도로 잇몸을 드러내며 환하게 웃고 있었다.

— 질투라도 하는 거야?

주아가 내 어깨를 툭툭 쳤다. 아까보다는 운석의 크기가 작았다. 반대쪽 어깨를 쳐줬으면 좀 더 좋았을 텐데. 나는 긍 정도 부정도 하지 않고 어깨를 으쓱하는 척을 하며 가볍게 스트레칭했다. 성아는 딴청을 피우고 있었다. 그러다 갑자기 이런 술 말고 진짜 술이 마시고 싶다고 투덜거렸다. 주아가 벌떡 일어섰다.

　— 손님도 왔겠다. 나가서 사 오지, 뭐.

　— 다녀와.

　성아는 사양하지도 않고 손을 살랑살랑 흔들었다. 오히려 뒤쪽 소파에 기대며 몸을 쭉 펴기까지 했다. 내 뒤에는 소파가 없어서 가부좌라도 반대로 틀려는데, 주아가 내 어깨를 잡았다.

　— 뭐 해? 밥값 해야지.

　주아는 그렇게 말하더니 성아에게 남자친구 좀 빌리겠다며 나를 현관으로 끌고 갔다. 나는 저항하지 않고 고분고분 따랐다. 힘 싸움은 내 특기가 아니다. 괜히 여자랑 더 잘 지내는 게 아니다. 나는 성아에게 눈빛을 보내보았으나 그녀는 이미 몸을 소파에 반쯤 기대고 누워 있었다.

　— 다녀와.

　눈이 마주치자 성아가 다시 손을 흔들었다.

　밖은 조용했다. 달이 기울고 있었고, 이곳의 가로등은 오렌지 빛으로 침침했다. 열대야였다. 반투명한 변종 러브버그들이 가로등마다 우글우글 날아다녔다. 러브버그의 사체들이 풍기는 역한 냄새가 후덥지근한 공기 중에 둥둥 떠다녔다.

주아는 나를 끌고 걸으면서 자기가 왜 나만 따로 데리고 나왔는지 짐작이 가냐고 물었다. 멀리서 편의점 간판이 깜빡 깜빡 '24'라는 글씨를 흩뿌리고 있었다.

— 내가 마음에 들어서?

나는 천연덕스럽게 받아쳤다. 주아는 웃음을 터뜨렸다. 그런 남성향 판타지에서나 나올 상황은 절대 아니니까 안심하라고 했다. 확실히 자매는 결이 달랐다. 성아였다면 또 이상한 상상을 늘어놓으며 흥미로운 상황을 구성하거나 했을 것이다.

— 성아 얘기야. 그 애가 이 얘기 하는 걸 싫어하니까 내가 따로 해주려고.

나는 비밀은 질색이라는 말은 하지 않았다.

— 그건 내가 성아 씨한테 따로 들어야 하지 않겠어?

— 저 애 저래 보여도 당신이 꽤 마음에 든 것 같으니까.

— 어떻게 알아?

— 나도 꽤 마음에 드는 걸 보면 확실해. 오래 같이 살다 보니 취향도 어느 정도는 비슷해졌거든. 물론 그렇다고 완전히 똑같다는 건 아니야. 착각하지 말도록 해.

— 착각하지 않아.

― 재미없기는. 하여간 성아에 관해서 알고 있어야 할 게 있어.

― 혹시 아이들에 관한 거야?

그 이야기라면 이미 들었다고 이야기하려고 했다. 하지만 주아는 고개를 저었다. 한동안 그녀는 나를 데리고 쭉쭉 걸었다. 편의점은 자매의 집에서 300미터 거리에 있었다. 주아는 편의점 근처의 담장 앞에서 멈췄다. 벽돌 담장 위로 장미 덩굴이 꿈틀대고 있었다. 누가 심었는지 좀 징그러웠다. 주아는 덩굴이 익숙한지 눈길도 주지 않았다. 그리고 신경 쓰지 않으니까 담배를 피우고 싶으면 피우라고 했다. 그건 긴 이야기가 될 거라는 선언이나 마찬가지였다. 나는 사양하지 않고 담배에 불을 붙였다. 연기를 피해 러브버그들이 흩어졌다가 모였다가 했다. 바람이 슬쩍 불어왔고, 주아는 내 반대쪽으로 자리를 옮겼다. 그런데 내가 오늘 담배를 피운다는 말을 했던가?

― 설마 말은 안 믿고 모자만 믿는 부류는 아니지?

― 전혀. 나는 말이 더 좋아.

― 그럴 줄 알았어.

주아는 씩 웃어 보이고는 말을 이었다.

― 늙는다는 건, 지뢰밭이 되어가는 거야.

성아의 존재통에 관한 것이라면 이미 들었다고 생각했다.

하지만 그녀의 존재통은 잠깐 버디를 끄는 것만으로는 제대로 해결되지 않은 모양이었다. 버디를 끄고 지내게 되면서 성아는 자꾸 무언가를 잊었다. 학교에 가방을 두고 왔고, 자기 집 문을 열지 못하고 초인종을 눌렀다. 그것뿐이라면 조금 덜 렁일 뿐이라고 여겼을 것이다. 하지만 성아는 사는 데 필요한 것들마저 잊었다. 그녀는 팔다리를 움직이는 법을 잊었고, 씹는 법을 잊었다. 의사에 따르면 그건 수천만 명 중의 한 명 정도가 겪는 버디 부작용이었다.

— 기억의 자유랑 신체의 자유 중에 어느 쪽이 더 중요하다고 생각해?

주아가 물었다. 나는 세 번째 담배에 불을 붙였다. 러브버그들은 더 이상 우리 머리 위를 맴돌지 않았다.

— 굳이 따지자면 기억? 몸은 개조할 수 있잖아.

내가 대답하자 주아는 천천히 고개를 끄덕였다.

— 그래. 그럴 수도 있었을 거야.

성아는 기억과 몸 중 하나를 택해야 했다. 버디 부작용 때문이었다. 소뇌와 뇌간이 보내는 신호가 과잉 매개되어 몸을 움직이는 데 문제가 생기는 거라고 했다. 주기적으로 버디를 리셋하는 게 유일한 해결책이라고 했다. 버디를 리셋하면 기억에 문제가 생겼다. 기억을 완전히 잃는 건 아니었다. 그건 불가능했다. 마치 책에서 한두 페이지를 찢어놓은 것처럼 기억이 한 군데씩 드문드문 끊길 뿐이었다. 그렇게 기억이 끊기면 인간의 뇌는 본능적으로 그 공백을 상상으로 채워 넣는다. 성아의 상상은 늘 현실보다 나빴다.

— 그게 우리가 같이 사는 이유이기도 해.

주아가 말했다.

— 성아는 내게 모든 걸 말하고, 나는 성아가 나쁜 꿈을 꿀 때마다 현실은 그것보다 낫다고 말해주는 거지. 그러니까 내가 당신에 관해 너무 많이 아는 것처럼 느꼈다면 그건 성아가 당신을 사랑한다는 뜻이야.

주아의 얘기는 그것으로 끝이었다. 이야기를 마친 그녀는 밀린 숙제를 끝낸 학생처럼 기지개를 쭉 켰다.

왜 성아가 나를 집에 데려와 언니를 소개해주었는지, 나는 생각하지 않기로 했다.

맥주를 사서 돌아가니 성아는 왜 이렇게 늦었냐며 눈을 흘겼다. 주아는 데이트하고 왔다고 농담을 했다. 우리는 사 온 맥주를 몽땅 마시고, 한참 노래를 부르다가 잠들었다. 둘은 방으로 들어갔고 나는 소파 베드를 펴고 누웠다. 잠이 잘 오지 않았다. 자매의 집 천장에는 빛나는 것이 아무것도 없었다. 달에서 왔다는 돌들은 어둠 속에서 전혀 빛나지 않았다. 나는 성아도 그 사실을 알고 있을지 궁금했다. 방 안이 조용해지자 밖에서 소리가 들려왔다. 무언가 덜덜 떨리는 소리, 누구의 것인지 알 수 없는 비명, 바람 같은 것이 지나가는 소리. 놀이공원 한가운데 방음 부스를 설치해놓으면 이런 기분이 아닐까 싶었다. 나는 회전목마를 생각했다. 빙글빙글 돌면서 불빛을 내는 회전목마에서는 음질 나쁜 퍼레이드 음악과 삐걱거리는 쇳소리가 났다. 회전목마 중앙에는 반짝이는 옷을 입은 피에로 인형이 있었다. 음악에 맞춰 팔을 치켜들었다가 다리를 번쩍 올렸다가 했다. 사람은 아무도 없다. 회전목마의 오렌지 빛 조명만이 주변을 어슴푸레 밝혔다.

잠옷 차림의 성아가 나타났을 때, 나는 내가 꿈을 꾸고 있다고 생각했다. 성아는 커튼을 열었다. 빛이 새어 들어오자 돌들이 어둠 속에서 유독 도드라졌다. 그녀는 조금 부은 손으로 내 어깨를 잡았고, 내 목에 입을 맞췄다. 내가 상체를 일으켜 세우자 성아가 말했다.

— 나가요, 우리.

— 언니가 걱정하지 않겠어?

내 목소리는 조금 잠겨 있었다. 성아는 괜찮다며 내 손을 잡아끌었다.

— 오히려 좋아할걸요.

머리가 멍했다. 꿈인 것 같기도 했고, 현실인 것 같기도 했다. 나는 기계적으로 성아를 따라 발걸음을 옮겼다. 밖으로 나가니 공기가 따뜻해서 밤이라는 느낌도 별로 들지 않았다.

— 어디로 가는 거야?

성아는 대답하지 않았다. 그녀를 따라 걷는 건 이번이 세 번째였다. 그녀는 한 번도 내게 목적지를 알려준 적이 없었다.

11

바텐더는 별로 조심성 있는 사람이 아니었다. 하품을 참는 것 같은 표정을 한 그는 잔을 거칠게 내려놓았다. 잔 속의 얼음이 무너지며 픽, 하는 소리가 났다. 나는 성아를 마주 보고 작은 나무 테이블 앞에 앉아 있었다. 달고 느끼한 냄새가 났다. 하이볼 잔에는 얼음이 가득 채워져 있었다.

— 어제 정말로 여자 만났어요?

나는 우리가 무슨 이야기를 하다가 이런 맥락에 이르렀는지도 감이 잡히지 않았다. 멍청해 보이는 질문이라는 걸 알면서 나는 그게 무슨 말이냐고 물었다. 성아는 코를 톡톡 두드려 보이며 문준이라고 말했다.

— 걔 코가 좋은 건 사실이거든요.

낮의 일이 마치 꿈처럼 아득하게 느껴졌다.

나는 어제 은희와 만나서 있었던 일을 이야기했다. 가애에 관한 내용은 빼고, 아내의 친구를 우연히 마주쳤다가 봉변을 당했다고. 성아는 아내와 무슨 일이 있었는지 궁금해했다. 성아는 가애니까, 내 이야기를 끝까지 들어주지 않을까 싶었다. 어쩌면 어제 먹은 술이 다 깨지 않은 채 또 술을 마셔서 순식간에 취해버린 건지도 몰랐다. 몽롱한 상태로, 나는 누구에게도 한 적 없는 이야기를 더듬더듬 풀어놓았다.

— 이제 그만할 때가 된 것 같아.

아내는 내게 그렇게 말했다. 우리는 그날 나들이를 나왔다가 더위를 이기지 못하고 카페로 피신한 참이었다. 테이블에는 아이스아메리카노 두 잔과 조각 케이크가 거의 손도 대지 않은 상태로 남아 있었다. 둘 다 소식을 해서가 아니라 호기롭게 음식을 시키기는 했으나 입맛이 돋지 않아서였다. 아내의 말은 한참 동안 가만히 카페에 앉아 있다가 갑자기 튀어나온 것이었다. 얼음이 하나 녹아내렸는지 얼음끼리 부딪치며 픽, 하는 소리를 냈다.

— 뭘?

나는 바보 같아 보인다는 걸 알면서도 그렇게 물었다. 마음에 걸리는 게 아무것도 없었다. 우리는 자주 싸우는 부부도 아니었고, 서로에게 잘못이라고 할 만한 일은 거의 하지 않게 될 정도로 오래 함께 살아왔기 때문이다. 그러니까 뭘 그만하자는 건지 도무지 알 수 없었다. 하지만 아내는 당연한 걸 왜 물어보냐는 듯 감정 없는 얼굴로 나를 쳐다보았다.

— 결혼 말이야.

아내는 마치 카페에서 그만 나가자고 말하는 것처럼 아무렇지도 않게 얘기했다. 내가 아무 대답도 하지 못하자 아내는 말했다. 내 잘못이 아니라고. 단지 어느 순간부터 자연스럽게 그런 생각을 하고 있었다는 걸 깨달았을 뿐이라고.

나는 분명 아내가 하는 말을 듣고 있었는데, 들리기는 해도 전혀 이해가 되지 않았다. 나는 멍하니 아이스아메리카노만 바라보았다. 통창 너머로 전해지는 후끈한 열기가 계절을 여실히 알렸다. 우리는 아이스아메리카노에서 아이스를 찾아볼 수 없게 될 때까지 카페에 앉아 있었다. 그 사이 아내에게는 전화가 두 번 걸려왔다. 아내는 그 자리에서 반차를 냈다. 시간을 들여서라도 반드시 오늘 결혼 생활을 정리해야겠다는 의지의 표명 같았다. 그러나 아내에게 있는 건 계획이 아니라 의지뿐이었다. 내가 앞으로 어떻게 하자는 건지, 왜 이러는 건지 물어봐도 묵묵부답이었다. 아내가 미안하다는 말을 남기고 일어났을 때, 얼음 없는 아이스아메리카노가 소리 없이 흔들렸다. 우리는 여전히 부부였지만, 집에 돌아온 건 나 혼자였다.

결혼하기 전에는 우리도 많이 싸웠다. 3년에 걸쳐 연애를 하는 동안 우리는 187번 이별했다. 대략 일주일에 한 번꼴로 헤어진 것이다. 이별은 싸움의 결과였다. 우리는 사소한 이유로 싸웠다. 둘 중 하나가 커플링을 빼고 왔다든가, 전화하고 싶어 하지 않는다든가, 자주 약속 시각을 늦춘다든가. 별것 아니지만 마음을 엿볼 수 있다고 여겨지는 행동들 때문이었다. 생각해보면 하나같이 유치한 이유뿐이었지만 사랑 앞에 나이는 숫자에 불과했다. 순서라도 정해놓은 것처럼 우리는 한 번씩 번갈아가면서 화를 냈고, 번갈아가면서 이별을 말했다. 우리는 결혼할 상대가 아니라면 서로에게 낭비할 시간이 없다는 듯 굴었다. 사실 40대 후반 정도면 결혼하기에 늦지 않은 시기였음에도 우리는 앞자리가 5로 바뀐다는 데 불안을 느꼈다.

대부분 이별은 반나절이면 끝났다. 낮에 놓은 손을 해가 질 때 다시 잡았다. 이별할 때도 만날 때도 우리는 마주 보고 있었다. 전화나 문자로 이별하자고 말하지는 않았다. 아내는 정말로 헤어지게 되든 그렇지 않든 일방적으로 통보하고 연락을 끊어버리는 게 가장 싫다고 했다.

우리는 그날 싸우지 않았다. 이별하자는 말도 하지 않았다. 그래서 화해할 수 없었다.

문을 열자 구두가 나를 맞았다. 뒤축이 구겨진 아내의 가죽 구두였다. 나는 아무 의미 없다는 걸 알면서도 그 구두와 나란히 신발을 벗어두고 집 안으로 들어갔다. 거실로 햇볕이 맹렬히 들이치고 있었다. 더웠다. 에어컨을 틀자 찬 바람이 공간을 비집고 들어왔다. 넓은 집이어서 공기가 바뀌기까지는 시간이 오래 걸렸다. 시간이 아무리 지나도 더위는 가시지 않았다.

— 실내 온도는 섭씨 24도입니다만.

모드가 묻지도 않은 보고를 해댔다. 나는 그 말을 무시했다. 모드도 더는 아무 말도 하지 않았다.

얼음 생각이 났다. 냉동실에는 내가 미리 플라스틱 틀에 얼려둔 얼음이 있었다. 아내와 집에 돌아와서 미숫가루를 타 먹으려고 만들어둔 얼음이었다. 나는 그 서른 구짜리 초록색 플라스틱을 꺼내 머그잔 위에 대고 시원하게 비틀었다. 모서리가 원만한 얼음들이 퍽퍽 소리를 내며 떨어져 내렸다. 플라스틱에 물을 받아 다시 냉동실에 넣어두고 얼음을 씹었다. 씹으면 안 된다고 경고하는 듯한 단단함이 느껴졌다. 하지만 얼음은 결국 부서졌다. 이가 시리고 머리가 지끈거렸다.

— 얼음을 씹어 먹는 건 치아 건강 점수에 악영향을 줍니다만.

나는 명상에 들어가 모드를 아예 음 소거 해버렸다. 그랬더니 모드가 벽이나 책상을 두드려대서 아예 슬립 모드로 전환해버렸다.

아내는 연락을 받지 않았다. 나는 텔레비전을 틀어놓고 연락을 기다렸다. 실시간으로 진행되는 영상이었다. 실험복을 입은 남녀가 앙상한 철사 위에 옅은 푸른빛을 띠는 액체를 부었다. 액체는 철사를 따라 흐르는가 싶더니 곧 굳어서 철사를 촛농처럼 뒤덮었다.

— 과냉각 상태의 액체는 겉보기에는 액체지만 조그만 충격을 가하면 곧바로 얼어버립니다.

그들은 철사와 액체를 가지고 산호초처럼 화려한 조형물을 하나씩 만들어냈다. 각각 떨어져 있을 때는 흉하던 것들이 만나 아름다워졌다.

나는 채팅창에 질문을 입력했다.

— 녹아버린 걸 원래대로 얼리는 방법은 없나요.

그들은 내 질문에 대답하지 않았다. 시간이 지나자 내 질문은 화면 밖으로 밀려나버렸다.

신념과 성향은 다르다. 겨울보다 여름을 좋아하는 건 신념이다. 얼어 죽어도 아이스아메리카노인 건 신념이다. 죽은 아이를 잊지 못하는 건 성향이다. 신념은 설득할 수 있지만, 성향은 설득할 수 없다.

아내와 나는 동갑이었고 우리는 앞자리가 5가 되기 직전에 결혼했다. 당시 아내는 회사원이었고, 나 역시 그랬다. 둘다 양친을 잃었다는 것만 빼면 우리 인생도 남들과 다르지 않았다. 아니 어쩌면 양친을 잃은 것마저 비슷했는지도 모른다. 임플란트 장기가 보급되기 이전에는 80대에 죽으면 호상이라고 하기도 했으니까.

우리는 인공지능과 자동화의 틈바구니에서 기계로 처리하기에는 쓸데없이 복잡한 일을 처리했다. 사실상 고통받기 위해 하는 일이나 마찬가지였다. 대부분의 생산성은 어차피 기계들이 담당했다. 우리가 결혼한 건 어쩌면 그런 처지가 톱니바퀴처럼 서로 맞물려 돌아갔기 때문이었는지도 모른다. 그 수많은 싸움과 이별은 오랫동안 누구와도 맞물리지 않아 뾰족했던 톱니를 다듬는 과정이었을지도. 실제로 연애하는 동안에는 누구보다 열심히 싸웠던 우리는 결혼한 이후부터는 매끄러운 조립라인처럼 무탈하게 지냈다.

아이는 빨리 가졌다. 나는 간을, 아내는 자궁을 임플란트로 교체한 상태였기 때문에 우리는 남들보다 빠르게 누진세의 계단을 오르고 있었다. 출산은 누진 단계에서 플러스 점수를 받는 몇 안 되는 방법 중 하나였다. 어차피 아이를 가질 거라면 빨리 가지자는 데 우리 둘 다 동의했다. 둘 중 벌이가 좋은 쪽은 아내였다. 심지어 아내는 승진을 앞두고 있어서 정년이 연기될 확률도 훨씬 높았다. 우리는 맞벌이를 하면서 아이를 키울 때의 비용과 피로도를 계산했고, 벌이가 적은 내가 육아를 전담하는 게 좋겠다는 결론을 내렸다. 아이를 맡아줄 부모님이 없기에 내릴 수밖에 없었던, 합리적인 결정이었다.

아이를 가지는 것도 매끄럽게 이루어졌다. 나는 아내에게는 비밀로 하고 성기에 임플란트를 넣었다. 임플란트는 발기력을 높일 뿐만 아니라 적절한 전기 자극으로 더 건강한 정자를 만들었고, 수정 능력이 없는 정자를 만드는 기능도 가지고 있었다. 건강한 정자를 위해서는 항상 임플란트를 약하게 작동시켜두어야 했고, 그래서인지 소변을 볼 때면 나는 감전된 것처럼 몸을 떨었다. 잘은 몰라도 아마 아내의 임플란트 자궁에도 원활한 임신 혹은 피임을 위한 기능이 있었을 것이다. 우리는 임신 계획을 세운 지 두 달 만에 착상에 성공했고, 아이는 아무 문제 없이 세포분열해 아내의 배 밖으로 옮겨졌다. 탯줄에 인공 탯줄을 덧붙여 Y 자로 만든 후에 아내와 연결된 탯줄은 잘렸고, 아이는 인공 자궁과 탯줄로 연결된 채 작고 투명한 알 속에서 남은 5개월을 보냈다. 아내는 버디에 '출산 후 빠른 안정' 프리셋을 설치하고 회사로 복귀했다. 나는 알 앞에 앉아 클래식 음악을 틀어주거나 책을 읽어주는 등 태교를 했다. 인공 자궁 인큐베이터실은 마치 옛

특수촬영물처럼 커다란 알을 들여다보며 헤드폰과 사운드 기어를 조작하는 사람들로 가득 차 있었다. 회사는 내 마지막 두 분기를 절반의 월급과 넉넉한 시간으로 보장해주었다. 한번은 초췌한 표정의 남자 하나가 내 어깨를 두드리더니 아이를 사랑하는 마음은 알지만 조금만 살살해주면 감사하겠다고 사정하고 돌아갔다. 나는 아침에 빈둥거리는 시간을 조금 더 늘렸다.

아이가 건강하게 자라나 인공 자궁 인큐베이터에서 나온 다음 날, 나는 공식적으로 퇴직했다. 아무도 나를 붙잡지 않았다. 다행인지 불행인지는 가늠할 수 없었고 다만 무언가 큰일이 시작되고 있다는 막연한 기분이 들었다. 아내와 나는 케이크와 함께 아이의 모습을 사진으로 찍었다. 가장 작은 사이즈의 케이크였는데도 우리는 다 먹지 못하고 남겼다.

아이 이름은 산이라고 지었다. 무엇보다 튼튼하게 자랐으면 해서 지은 이름이었다. 산이 태어난 지 3개월 후 우리는 그의 두피에 버디를 새겼다. 우리가 버디 네이티브가 아니라고 두려워해서는 안 된다고 여겼다. 버디를 능수능란하게 다루지 못하는 아이가 어른이 되면 설 자리가 없을 거라는 건 우리가 어릴 때와 달리 완벽한 정설이 되어 있었다. 뉴스에는 간혹 자연주의자 부모가 어릴 적 버디를 새겨주지 않은 탓에 자기가 무능력한 백수가 되었다며 부모를 죽인 청년들의 이야기가 보도되었다.

처음에 산은 잘 적응하는 것 같았다. 일반적으로 적응 실패의 징후라고 여겨지는 언어 습득 지연이나 공감각 혼란도 발생하지 않았다. 아이는 잘 걷고 잘 봤으며, 말도 다른 애들에 뒤처지지 않게 배웠다. 하지만 다른 사람의 머릿속에서 정녕 무슨 일이 일어나고 있는지는 알 수 없다는 걸 그때 우리는 제대로 알지 못했다. 가족이라는 톱니바퀴는 너무 가까이 붙어 있어서 그 사이에 틈이 있다는 사실을 잊을 때가 있었다. 마치 얼음보다 섭씨 4도의 물이 더 밀도가 높다는 걸 간과하듯이. 그래서 겨울을 나고도 연못 안의 생물들이 어째서 살아 있는지 의문을 가지듯이.

아이가 가끔 이상행동을 보일 때 아내는 예민하게 반응했다. ADHD가 아니냐, 근왜소증이 아니냐, 소아비만 아니냐……. 무슨 걱정을 하든 아내의 결론은 병원에 가서 정밀 검사를 받아보아야 한다는 것으로 귀결되었다. 나는 아내보다 아이를 오래 보았기에 그것이 기우이며 산은 원래 그랬다는 식으로 얘기했다. 하지만 병이 있을지도 모른다는 걱정은 성향의 문제이기도 했다. 아내는 아이를 보지 않는 시간을 아이에 대한 걱정으로 벌충할 수 있다고 여기는 것 같았다. 나는 몇 번 아내의 요구에 따라 병원에 갔지만 아무 문제도 없다는 진단만 받았다. 그다음부터는 아내가 뭐라고 해도 병원에 가는 척만 했다. 생각해보면 아마 아내도 그걸 알고 있었을 것이다. 어쨌든 산은 문제없이 일곱 살이 되었다. 우리의 톱니바퀴는 어긋나지 않은 것뿐, 보이지 않는 스파크가 잔뜩 일어났다. 그리고 산은 언제부터였는지는 몰라도 그 사실을 알았다.

우리 가족 중 가장 눈치를 많이 보는 사람은 산이었다. 산은 아내와 나 사이에 낀 채 어떻게 해야 우리가 행복하게 지낼지만 고민하는 것 같았다. 산은 아내가 있을 때 유독 더 조심스럽게 굴었고, 우리 사이에 자기에 관한 이야기가 나오는 것 같으면 아내에게 달라붙었다.

— 엄마 사랑해요.

아내의 마음을 녹이는 주문이라도 되는 양 산은 그렇게 말하곤 했다. 그러면 아내는 걱정을 멈추었고, 나도 한발 뒤로 물러나 아내의 의견을 수용했다. 말하자면 산은 일종의 빨간불이었던 셈이었는데, 어쩌면 그건 일종의 암시였는지도 모른다.

차는 거의 보이지 않는 곳에서 튀어나왔다. 우리는 CCTV를 몇 번이나 돌려 보았지만, 충분히 피할 수 있는 각도와 속도였다는 결론만 나올 뿐이었다. 산은 차를 보았지만, 우리 사이의 언쟁을 멈추는 게 먼저라고 판단했다.

— 엄마 사랑해요.

산은 그렇게 말한 직후 차에 치여 넘어졌고, 앞바퀴에 깔렸다.

산의 폐에는 공기 대신 피가 자꾸 고였고, 의식이 없는데 손만 자꾸 까닥거렸다. 임플란트 장기로도 해결할 수 없는 문제였다. 손만 까딱거리는 건 척수반사가 일어난다는 뜻인데, 그건 살아날 수 있다는 희망이 아니라 죽어가고 있다는 증거라고 나는 아내에게 설명할 수 없었다. 그 설명은 의사가 했다. 나는 산이 두 팔을 번쩍 들어 올릴까 봐 그의 양 손목을 꽉 붙잡아 눌렀다. 불규칙한 맥박이 느껴졌다.

나는 때때로 경련을 일으키는 아이를 보며 어머니 생각을 했다. 아버지 생각은 하고 싶지 않았다. 산은 고통스러웠을까? 차에 치이는 건, 흔히 말하는 것처럼 한순간에 일어나는 일이라서 아무 아픔도 느끼지 않고 의식이 끊어졌을까? 내가 아이의 아픔에 관해 생각하는 걸 아내는 견디지 못했다. 아내는 아이가 손을 움직이는 것을, 자꾸만 호흡하려는 듯 가슴을 부풀리는 걸 부활의 기적이라고 여겼다. 나도 아내처럼 믿고 싶었다. 아내가 하자는 대로 병원을 바꾸고, 의사를 바꾸고, 새로운 치료법이 보일 때마다 간절한 이메일을 보냈다. 하지만 기계적으로 그렇게 하면서도 아이가 깨어날 수 있다고 진심으로 믿지는 못했다. 아내의 양친은 교통사고로 즉사했다고 했다. 우리는 보아온 시체의 종류가 달랐다.

산은 결국 죽었다. 사고가 난 지 2년 만이었다.

성아는 잠깐 멍하니 있다가 한마디 했다.

— 미안해요.

나는 목이 말라 술을 연거푸 마셨다. 어느새 우리는 하이볼을 비우고 차가운 사케를 두 병째 마시고 있었다.

내가 말했다.

— 이해하겠어?

— 조금은요.

성아가 말했다. 그녀의 잘못이 아닌데도 그녀는 어쩐지 내게 미안해했다. 내가 술잔을 다시 채우자 그녀가 내 손을 잡았다. 술을 마신 탓인지 손이 얼음처럼 차가웠다.

— 취했어요.

— 내가 취하면 더 좋지 않아? 다루기 편해지잖아.

나는 추하게 굴고 있다는 걸 알면서도 그렇게 말했다. 그러나 모드가 띄워주는 그녀의 표정 정보에 여전히 불쾌감은 0퍼센트였다. 나는 갑자기 두려워졌다.

— 보육원에서 했던 얘기 기억해요?

— 애들 싫어한다는 거?

— 아뇨, 그거 말고. 당신이 했던 말이요. 아이를 좋아하는 게 아니라 아낀다고 했잖아요.

아아, 그런 얘기도 했었지. 나는 고개를 끄덕였다. 성아가 내 손을 잡았다.

— 스스로도 좀 아껴주세요. 지금은 꼭 억지로 사는 것 같아요.

모드의 목소리는 이미 사라진 지 오래였다. 내 시야는 마치 고장 난 회전목마처럼 엄청난 속도로 빙글빙글 돌고 있었다. 나는 머리에 떠오르는 말을 그냥 했다.

— 임플란트 심장처럼?

— 네, 꼭 심장처럼.

우리는 한동안 서로를 바라보고만 있다가 누가 말하지도 않았는데, 호텔로 갔다. 어쩐지 그래야만 무언가 정리가 될 것만 같은 기분이 들었다. 우리는 차례로 씻고 나란히 누웠다. 섹스할 기분은 들지 않았다. 서지 않는 성기를 명상에 접속해 억지로 세우고 싶지 않았다. 만약 오늘 관계를 맺는다면 그건 자연스러운 것이어야 할 것만 같았다. 물론 그건 불가능하다. 기계로 갈음되지 않은 내 신체는 백 살 먹은 노인에 불과했다.

호텔은 말이 호텔이었지 별도 붙어 있지 않은 모텔에 이름만 그럴듯하게 붙여놓은 곳이었다. 시설은 꽤 좋았지만, 창밖으로 지하철 불빛이 보이는 숙박업소는 별을 받는 것보다 받지 않는 편이 유리할 것이다.

우리는 가만히 누워서 지하철 불빛이 창문을 스르륵 밝히고 창문이 흔들리는 규칙적인 광경을 몇 번이고 보았다. 세월이 굉장히 많이 흐른 듯한 기분이 들었다.

멍하니, 성아가 말했다.

— 그래서요?

산이 죽은 후 한동안 나는 지하철밖에 타지 못했다. 운전하거나 버스를 타고 20분이면 갈 수 있는 거리라도 나는 지하철을 타고 한 시간씩 돌아서 갔다. 그래도 별 상관 없었다. 시간은 아무리 낭비해도 남아돌았다.

지하철에는 매번 같은 시간에 타는 사람들이 있었다. 그들은 늘 같은 칸의 같은 자리에 앉는다. 나도 처음에는 잘 몰랐지만 몇 번 타다 보니 그 규칙성이 눈에 보였다. 그들을 관찰하는 사이 내게도 지정석 같은 것이 생겼다. 내 왼쪽에는 말 없는 부부가 앉고, 오른쪽으로는 한 칸을 비우고 음악 감상에 진심인 청년이 탄다. 나는 마치 그들 사이를 중개하기라도 하듯 가운데에서 책을 읽었다. 독서는 그 시절 새로 가꾼 취미였다. 영상이나 음악에는 도무지 몰입할 수가 없어서 나는 책을 눈으로 보면서 모드가 읽어주는 걸 들었다. 성격 같아

선 그럴 거면 전자책을 보라고 했을 법한 모드도 이때만큼은 아무 말도 하지 않았다.

종이책 시장은 언제나 망할 것 같은 기류를 풍기면서도 절대 망하지 않았다. 액정 태블릿에 부과되는 사치세 때문인지 업무상 불가피한 이유가 아니면 해외여행을 3년에 한 번밖에 갈 수 없다는 규제 때문인지는 몰라도 여전히 사람들은 종이로 된 여행 에세이와 자기계발서, 대중 교양서를 읽었다. 한때 지구의 허파 아마존이 줄어들고 있다며 페이퍼-리스를 주장하던 목소리는 쏙 사라진 지 오래고 이제 종이는 친환경의 상징이자 먼 나라의 향취였다. 소위 핫하다는 출판사들은 책의 이미지에 따라 '프랑스 남부 산림의 향취'나 '페루, 가장 높은 곳의 바람', '트리니티 컬리지 도서관 폐기 장서 리사이클링'이라고 이름 붙인 종이를 사용해, 책에 이국적 물성을 부여하려고 노력했다. 물론 나는 그런 책들은 잘 사지 않았다. 나는 주로 고전을 읽었는데 고전은 여전히 잘 팔렸지만, 읽는 사람은 적었다. 덕분에 질 좋은 판본도 중고로 싸게 구할 수 있었다. 요즘 출간되는 고전은 새로 번역하지도 않으면서 자꾸 디자인만 새로 하고 가격을 높여서 별로 마음에 들지 않았다.

그날 나는 아고타 크리스토프의 《존재의 세 가지 거짓말》을 읽고 있었다. 에곤 실레의 그림이 표지를 가득 채우고 있는, 20세기 판본이었다. 그날도 옆자리에 부부가 와서 앉았다. 나는 옷자락을 끌어당겨 그들이 앉기 편하게 해줬다. 그들은 조용히 앉았다. 몸가짐을 조심조심히 하는 부부였다. 그런데 오늘따라 남편이 말을 했다. 처음 있는 일이라서 나도 모르게 흥미가 갔다. 그는 2억 원의 상금이 수여되는 권위 있는 상에서 탈락했다고 아내에게 말했다. 아내는 별말 없이 듣고만 있었다.

— 그 상은 문학성은 안 보고 그냥 내용만 보는 것 같더라고.

남편의 얼굴이 상기되어 있었다. 미간과 목에 뭉툭한 연필로 그어놓은 것 같은 주름이 그가 말을 할 때마다 꿈틀꿈틀 움직였다. 알이 두꺼운 뿔테에 형광등 불빛이 반사되어 옆에 앉은 나까지 눈이 시렸다.

— 책이 나오는 것도 좋고, 넉넉한 상금도 좋지만 누진 점수 메리트가 제일 부럽더라.

— 좋겠네.

— 세상에 소설 한 편 남기고 죽고 싶은 것뿐인데, 그게 왜 그렇게 어려운 건지.

그 후로 한참 동안 그들은 아무 말도 없었다. 남편의 어깨가 내게 닿을 듯 말 듯 흔들렸다. 문득 그의 사인을 받고 싶다는 생각이 들었다.

나는 둘이 뭔가 다른 이야기를 시작할 때까지 기다렸지

만 그들은 아무 말도 하지 않고 지하철에 앉아만 있었다. 그들이 내리는 역이 다가오고 있었다. 나는 하는 수 없이 그냥 《존재의 세 가지 거짓말》을 내밀었다. 남편이 어리둥절한 표정을 지었다. 그의 얼굴은 여전히 붉었다.

— 작가님, 팬입니다. 혹시 사인해주실 수 있나요?

남편은 내가 떠넘긴 책을 반쯤 얼떨결에 받아 들었다. 어떻게 해야 할지 모르는 것 같았다. 나는 페이지를 넘겨 하얀 속지가 있는 면을 펼쳐주었다. 그다음 순간 내게 펜이 없다는 사실이 떠올랐다. 내가 말했다.

— 아 그런데, 제가 펜이 없어서요⋯⋯. 혹시⋯⋯?

남편은 이제야 상황을 제대로 파악한 듯 미소를 지어 보였다.

— 괜찮습니다. 제가 늘 가지고 다닙니다. 성함이 어떻게 되시나요?

— 유온이라고 합니다.

남편은 코트 안주머니에서 펜을 꺼냈다. 만년필과 볼펜의 중간쯤 되는 형태의 펜이었다. 남편은 펜 뚜껑을 열고 글자를 쓰려고 했지만, 잉크가 나오지 않았다. 다섯 번째로 획을 그은 후 그는 펜촉을 입술에 물고 세게 빨았다. 그다음부터는 펜이 잘 나왔다. 남편의 사인은 글자를 멋들어지게 장식하고 그림도 그리며 한 페이지를 꽉 채우는, 풍성한 사인이었다.

아내가 옆에서 말했다.

— 좋겠네.

부부는 아슬아슬하게 시간에 맞춰 내렸다. 나는 그들에게 손을 흔들어준 다음 책을 내려다봤다. 하얀 종이에는 놀이공원 입구 같은 그림이 그려져 있었고, 다음과 같은 문구가 쓰여 있었다.

내 생애 마지막 팬, 유온에게.
영원한 감사를 담아.

syb.

다음 날부터 부부는 지하철에 나타나지 않았다. 문득 지하철이 너무 많은 슬픔을 나르고 있다는 생각이 들었다.

아이를 잃고 아내와 나는 서로에게 의존해 살았다. 삶에 다른 사람을 더 들이는 건 무책임한 일이라는 생각을 무의식적으로 하고 있었는지도 모른다. 우리는 새 아이를 낳지도 않았고, 다른 부부들과의 관계도 끊었다. 우리는 다른 동네로 이사했다. 그때껏 살던 동네에는 우리 아이의 얼굴을 아는 얼굴들이 너무 많았다.

마침 아내가 진급에 성공했기에 우리의 새집은 자연스럽게 아내의 직장 근처가 되었다. 아내는 전보다 더 바빠졌다. 이틀에 한 번 정도는 야근했고, 집에 서류를 들고 돌아오는 날도 늘었다. 전해 듣기로 아내는 회사에서 일을 철저하게 처리하는 걸로 유명했다. 모든 일을 문제없이 마무리하는 완벽주의와 카리스마로 이사들에게 눈도장을 찍었다는 모양이었다. 하지만 집에서 내가 보는 아내의 모습은 서류를 앞에 두고 혹시 모를 참사를 방지하기 위해 수십 개의 계획을 세우며 머리를 쥐어뜯는 모습뿐이었다.

나는 회사로 돌아가지 못하고 아르바이트를 전전하며 집안일을 했다. 내 수입이 가구 소득에서 차지하는 비율은 미미했지만, 집에 혼자 있으면서 하루하루를 흘려보내기는 싫었다. 우리는 전형적인 끼인 세대였다. 아직은 누진세 감면 혜택을 노리고 노인들이 낳은 아이들이 다 자라기 전이었다. 세상은 마치 그 아이들이 새로운 시대의 주인공이라는 듯 돌아갔다. 그들이 어릴 때는 영유아 관련 시장이 크게 성장했고, 그들이 학교에 들어가자 교육 시장이 커졌다. 내가 복직하기 위해서는 그들이 대학에 입학할 시기는 되어야 했다. 내 커리어의 그나마 멀쩡한 동아줄은 비교문학종교정보학 학사학위와 대학들이 주 납품처인 사무-학업용품 총판 회사에서의 15년 경력 정도가 전부였다.

투 더 문에 처음 가입한 것도 이 시기였다. 60대를 반기는 아르바이트 업장이 없는 건 아니었지만 대개는 주방 보조로 요리에 능한 여자를 원했다. "자산을 지키기 위한 최소한의 노력도 없이 경찰과 법적 구제에 의존하는 건 사회적 비용을 전혀 고려하지 않은 심각한 도덕적 해이"라는 판결 덕분에 아이스크림 할인점이나 편의점 일이 조금은 있었지만, 그조차도 '작은 점포 지킴이' 로봇이 널리 퍼지면서 점점 줄어들고 있었다. 아르바이트도 이럴진대 커리어를 재개하는 건 거의 말도 안 되는 소리였다. 무언가 할 일이 필요했다. 집에서 책만 읽는 것도 한계가 있었다. 눈이 점점 침침해져 책을 읽기가 힘들었는데, 심심하니 눈 임플란트를 하고 싶다는 말은 차마 입 밖으로 내기 민망했다. 아내가 집에 들어오는 날이 점점 뜸해졌으므로 나는 사실상 내 생활만을 꾸려갔다. 그러면서 생활비를 타 쓰거나 이것저것 요구하는 게 미안하기도 했지만, 무엇보다도 외로웠다.

그런 점들만 빼면 우리 사이에 빠져나간 작은 톱니바퀴는 거의 티가 나지 않았다. 생활은 여전히 돌아갔다. 우리는 산에 관한 이야기는 하지 않았다. 아이의 생일과 기일은 꼬박꼬박 챙겼지만, 그것 말고 집에 온통 아이의 사진을 걸어놓는다거나 제단을 만든다거나 하는 일은 전혀 하지 않았다.

하지만 아픔은 절대 극복되지 않는다. 다만 썩을 뿐이다.

시간이 아픔을 이기는 것처럼 보이는 건 사람이 살아가면서 자연스럽게 악취가 나는 것들에게서 멀어지기 때문이다. 내 경우 그것은 차였고, 좁은 골목이었으며, 힘차게 올라갔다가 내려오는 팔이었다. 아내에게는 아이들이었고, 통제할 수 없이 잘못되는 현상들이었으며, 마지막으로는…… 나였다.

산이 죽은 뒤 30년 후, 아내는 카페에서 일어나 내가 모르는 곳으로 떠났다.

12

― 아침이에요.

성아가 말했다.

― 그러네.

내가 말했다.

창이 다시 주기적으로 흔들리기 시작했다. 그러나 지하철 불빛은 더 이상 보이지 않았다.

― 사랑해요.

성아가 말했다.

― 미안해.

내가 말했다.

13

　그다음 일주일 동안은 금주, 금연해야 했다. 정기검진 때문이었다. 정부에서 안내하기로는 이틀 금주하고, 하루 전에만 금식하면 된다고 했지만 세간에 떠도는 말로는 일주일 정도는 금주, 금연해야 지표가 조금이라도 개선된다고 했다. 믿거나 말거나이기는 해도 일주일의 금욕과 건강 점수 감점을 비교하면 일주일 금욕 쪽이 모로 보나 훨씬 나았다.

　나는 일주일 동안 건강하게 먹고 운동을 하면서 지냈다. 가끔 손이 떨렸다. 체중이 1킬로그램 정도 빠졌다. 젊을 때는 며칠만 디톡스를 해도 2, 3킬로그램쯤 빠졌다는 게 떠오르자 쓴웃음 났다. 도대체 몇 년 전 생각을 하는 거람.

　정기검진은 주소에 따라 지정된 병원에서 받아야 한다. 관리 효율 문제와 시계열 데이터 확보 문제 때문인 것 같았다.

장기 임플란트를 구독하는 시대에도 모든 병원을 아우르는 환자 정보 공유 시스템은 없다. 표면적으로는 환자의 개인 정보를 지키기 위해서라고 하지만, 반대하는 사람들이 거의 의사인 걸 보면 정말로 이득을 따지지 않고 하는 말인지는 의심스러웠다.

내 지정 병원은 차로 한 시간 거리에 있는 대학 병원이었다. 정문에는 '정부 선정 10년 연속 정기 검진 신뢰도 1위'라는 큼지막한 현수막이 걸려 있었다. 볼 때마다 좋아해야 할지 짜증을 내야 할지 헷갈리는 내용이었다. 오진율이 적다는 이야기인 것 같은데, 어차피 점수가 너무 떨어지면 환자 측에서 재검진을 요구한다. 그렇다면 오류는 대개 환자에게 유리하게 작동할 텐데, 저런 현수막을 걸어놓는 이유가 뭘까 싶었다. 가장 정확한 병원이니 두 번 생각하고 항의하라는 의미일까.

병원에 들어가니 마스크를 쓴 사람들이 마치 놀이기구 탄 아이를 기다리는 부모처럼 우글우글 앉아 기다리고 있었다. 입구를 지키던 간호사 둘 중 하나가 다가와 마스크를 주고 내 이름과 주민등록번호를 받아 갔다. 효율적인 운영을 위해서라는 건 이해하지만 매년 꼭 개인 정보를 헐값에 넘기는 기분이었다.

검진은 느릿느릿 이루어졌다. 가능하면 반나절을 통째로 비워야 한다는 팁이 괜히 나도는 게 아니다. 나는 30분을 기다려 체중과 신장, 허리둘레, 체질량지수를 쟀다. 또 30분을 기다렸다가 소변 검사용 종이컵과 검사지를 받았고, 소변이 든 종이컵을 30분 동안 들고 있다가 피를 뽑혔다. 의사에게 입안을 보여주기 위해 또 30분을 기다려야 했고, 그다음에는 콘돔 같은 고무마개를 끼운 뇌파 검사 장치로 내 버디가 저장하고 있는 구독 장기들의 데이터를 동기화해 가져갔다. 중간에 점심시간이 걸려 대기 시간이 한 시간으로 늘어났다. 콧잔등에 고춧가루가 묻은 간호사가 물과 알약만 한 크기의 로봇을 가져와 자기가 보는 앞에서 삼키라고 했다. 나는 시키는 대로 했다. 그녀는 내 입을 벌려 구석구석 살피고 내가 혹시 헛구역질로 로봇을 뱉지는 않는지 감시하다가 10분 후에 나를 보내줬다. 왠지 괘씸해서 고춧가루가 묻었다고 말해주지 않았다. 여기까지는 평소와 똑같았다. 다른 일은 로봇이 항문을 통해 내 몸에서 빠져나와 간호사에게 받은 전용 용기에 들어간 후에 일어났다.

그들은 얼굴에 복면 대신 박스를 뒤집어썼고, 어떻게 구했는지는 몰라도 손에 총을 한 자루씩 들고 있었다. 그들 중 하나가 화장실 문을 과격하게 열더니 막 민망한 자세에서 해방된 나를 병원 로비로 끌고 가 엎드리게 했다. 로비에는 이미 다른 환자와 간호사, 의사가 엎드려 있었고 박스들은 다른 곳에 있던 사람들도 차례로 로비로 끌고 왔다. 비상벨은 울리지 않았다. 경비 로봇은 진작에 부서진 채 로비 한구석에서 불타고 있었다. 나는 내 로봇을 발로 지르밟은 핑크 박스 때문에 짜증이 났다. 사고에 휘말려 다시 검진을 받아야 한다고 해도, 국가는 놀이기구를 기다리지 않고 탈 수 있는 매지컬 패스를 주지 않는다. 다른 이들도 잔뜩 짜증이 났는지 박스들이 좀 멀어졌다 싶으면 에이씨, 하고 중얼거렸다.

거의 10대처럼 보이는 원장마저 끌려와 로비에 엎드리게 되자 박스 중 하나가 입을 열었다. 빨간 박스였다. 아이고, 그래. 언제나 리더는 레드지. 박스 안에 마이크 시스템이 들어 있는지 빨간 박스의 목소리가 로비 안에서 쩌렁쩌렁 울렸다.

— 우리가 원하는 건 하나다. 장기 구독 데이터를 삭제하고, 임플란트 장기를 무료로 제공하는 것이다!

그리고 그는 마치 연극배우처럼 두 팔을 쫙 펼치고 고개를 뒤로 꺾었다. 엎드린 사람들의 호응을 기대하고 그런 것 같았다. 그러나 손뼉을 치는 건 박스들뿐이었고, 그걸 깨달은 다른 박스들이 가까운 사람들의 옆구리를 발로 쿡쿡 찔렀다. 찔린 사람들의 박수가 더해지자 빨간 박스는 그제야 고개를 내렸다.

— 들리나? 이것이 시민의 뜻이다. 데이터 접근 권한이 있는 실무자는 손을 들도록.

조금 전과 마찬가지로 자발적으로 움직이는 이는 없었다. 오직 박스들만 빨간 박스의 눈치를 봤다. 앞서 내 로봇을 부쉈던 핑크 박스가 천장에 대고 총을 쐈다. 탕! 엄청난 소리가 났지만 당연하게도 첫 발은 공포탄이었다.

— 빨리빨리 손 들지 않으면 의사들부터 차례로 쏘겠다.

핑크 박스가 소리쳤다. 조금 과잉 충성인 것 같았지만 어쨌든 효과는 있어서, 근육질의 간호사 하나가 손을 들었다. 얼마나 무거운 책임감을 지고 다니기에 저렇게 근육질이 됐나 싶었다.

— 자발적으로 협조하니까 얼마나 좋나. 이런 게 민주주의지.

빨간 박스는 그렇게 말하고는 근육질의 간호사를 향해 몸을 돌렸다. 하지만 가까이 다가가지는 않았다. 척 봐도 둘 사이에는 두 계단 정도의 체급 차이가 있었다. 테러는 저지를지언정 완전히 맛이 간 사람은 아닌 모양이었다.

— 이제 이 병원에 저장된 장기 구독 데이터를 모두 지우고 모두를 누진 0단계로 바꾸도록. 자네의 손으로 여기 있는 사람들을 모두 구원하는 것일세.

간호사는 말없이 데스크 뒤의 컴퓨터로 향했다. 간호사가 움직이자 박스들은 그가 움직이는 길에서 물러났다. 누군가 못 참고 조금 웃었다. 이번에는 노란 박스가 호통을 쳤다.

— 이 신성한 순간에 감히 누가 웃나!

로비에는 어색한 공기가 감돌았다. 자기에게 책임이 있다고 느꼈는지 빨간 박스가 노란 박스의 어깨에 팔을 두르고 말했다.

— 자자, 너무 그러지 말라고. 조금만 지나면 이들 모두가 우리의 발에 입을 맞출 것이네.

— 죄송합니다, 레드.

— 우리의 일은 우리를 위한 게 아니라 시민 모두를 위한 것임을 명심하게.

빨간 박스는 총구를 흔들며 말했다. 노란 박스가 고개를 끄덕였다.

— 알겠습니다, 레드.

이 싸구려 쇼에 딴지 걸고 싶은 점이 한둘이 아니었지만, 가장 신경 쓰이는 건 노란 박스였다. 어쩐지 들어본 것 같은 목소리였다. 그것도 얼마 전에⋯⋯.

— 시위에서 만난 것 같습니다.

모드가 끼어들었다.

— 뭐야, 이런 건 스스로 생각해내야 의미가 있는 거라고.

나는 속으로 따졌다. 모드가 지지 않고 대꾸했다.

— 위급 상황인 것 같아서 장난칠 여유가 없다고 판단했습니다만.

명상을 실행하지 않아도 무표정으로 어깨를 으쓱해 보이는 모드의 모습을 쉽게 떠올릴 수 있었다.

— 위급은 무슨. 그냥 짜증 나는 거지.

— 심장 박동이 20BPM 상승했고, 코르티솔 분비량도 급격히 늘었습니다만.

— 그래서 저 노란 박스가 누군데?

— 성아의 친구분입니다. 향수도 하나 공짜로 받았습니다만.

— 아.

성아 얘기를 들으니 분명 그런 것 같았다. 일주일 전에 봤을 때는 눈치는 없어도 나쁜 사람 같진 않았는데, 도대체 왜 박스를 쓰고 있는 걸까. 하지만 이제 와서 내가 할 수 있는 일은 아무것도 없었다. 지금까지 코미디로만 보이던 일이 갑자기 조금은 안쓰럽게 여겨졌다.

테러는 세련되지 못한 의사 표현이다. 상대방에게서 원하는 걸 얻으려면 폭력적으로 굴 것이 아니라 상대방에게 사랑을 얻으려고 노력해야 한다. 그것이 분명한 문명의 진화 과정이다. 제일 먼저 직접적이고 물리적인 폭력이 멸종했고, 그다음은 간접적인 폭력이었다. 마지막으로 구조의 폭력이 남았지만, 윤리와 도덕, 세련미가 약육강식의 자연을 점점 더 빠른 속도로 오염시키고 있었다. 수명이 늘어날수록 공소시효도 늘어났고, 죄도 원한도 결코 잊히지 않는다. 여전히 10년

이면 강산이 바뀐다지만, 이 시대는 거기에 단순히 감탄하는 게 아니라 몇 퍼센트까지 변했는지 측정할 수 있는 시대다. 세상이 이렇다 보니 폭력도 교묘하고 스스로를 드러내지 않는 쪽으로 진화해 간신히 자신을 지켰다.

아니나 다를까, 오래 지나지 않아 그들은 마취총을 맞은 야생동물처럼 픽 쓰러졌다. 장기 구독 시대에 테러는 성공할 수 없다. 버디는 언제나 임플란트를 통해 수집한 정보로 경찰에 신고할 수 있다. 목소리, 걸음걸이, 생김새, 현재 위치와 시각, 냄새 등을 종합하면 사람 하나를 특정하는 건 어렵지 않다. 그들의 심장을 멈춰버리는 것도. 임플란트와 버디를 모두 사용하지 않는 사람의 수는 건강보험에 등록되지 않은 사람의 수보다 적다.

박스들이 쓰러지자 병원은 금방 통상적인 업무에 복귀했다. 환자들도 짜증스러운 한숨을 내쉬기는 했으나 이게 병원의 탓이 아니라 사고라는 건 명백했기에 난동 피우는 이는 없었다. 이런 상황이 어찌나 흔한지 나는 이 일을 뉴스에서 본 기억조차 없었다.

나는 로봇을 다시 삼켜야 했다. 간호사가 나를 한참 동안 감시하기에 짜증스러운 표정을 지었더니 간호사가 더 짜증난 표정으로 나를 노려보았다. 엎드리면서 자연스럽게 떨어졌는지, 코의 고춧가루는 남아 있지 않았다. 여러모로 민폐였던 박스들이 해낸 유일한 선행이었다. 로봇을 배출하고 돌아오니 처리반이 와서 박스들을 수거해 갔다. 사람들이 박스들의 얼굴을 구경하기 위해 모여들었다. 레드는 꽤 반반하게 생긴 얼굴이라 감탄을 자아냈고, 핑크는 코뚜레 같은 피어싱으로 사람들의 한숨을 자아냈다. 옐로는 성아의 친구가 맞았다. 그것 말고는 별 특징이 없었다. 누군가 코코넛 냄새가 나는 것 같다고 중얼거린 게 전부였다.

소란을 방지하기 위해서인지 그냥 전통적인 방식을 따르는 것인지 정기검진 결과는 일주일 후에 버디와 개인 통신기기, 편지로 날아온다. 나는 착잡한 마음으로 편지를 뜯었다. 나는 노란 박스에 관해 성아에게 이야기하지 않았다. 아마 앞으로도 이야기하지 않게 되지 싶었다. 편지에는 이런저런 내용이 있었으나 내 눈에 들어오는 건 한 문장밖에 없었다.

유온 님의 심장 임플란트 정기 구독료가 누진 3단계로 증액됩니다.

우리는 어릴 때 수많은 명제를 배운다. 나이가 들어서는 그것들을 배워서 아는 것인지 원래부터 그런 믿음을 가지고 있던 것인지 헷갈릴 정도로 말이다. 예를 들어 '생명은 존엄

한 것이며 그 무엇도 사람 목숨보다 소중할 수는 없다' 같은 말. 중학생 때부터의 모든 수업 내용은 버디에 저장되어 있으니 늦어도 중학생 때부터는 그렇게 배워왔다고 확신할 수 있다. 그러나 돈이 얽히기 전에 배우는 모든 명제는 거짓이다. 수학 교과서에서는 '2+2=4'이지만 현실에서는 이자나 주가 변동, 혹은 주인장의 변덕 등에 따라 얼마든지 5나 6이 될 수 있는 것이다. 나이를 먹는다는 건 회전목마처럼 빙글빙글 도는 자본주의의 섭리를 받아들이는 일이다.

놀이공원은 내 최초의 자본주의 교습소였다. 문구점에서 돈을 주고 무언가를 사거나 어머니가 내게 주는 용돈에는 구조적인 치사함의 기색이 없었다. 그런 돈은 실제로 물질적인 가치에 대응하는 상징물이라기보다는 인간적인 교류의 표식 같아 보였다. 초콜릿을 사 먹어도 된다는 어머니의 약속. 맛있는 식사를 준비해줘서 감사하다는 편지. 그런 식으로 말이다. 하지만 외국에서 처음 가본 놀이공원은 달랐다. 멋지게 꾸며진 대기 공간에 한참 마음을 빼앗겨 있다가도 시간이 지나자 다리가 아파왔다. 그런데 디자인의 일부인 것처럼 비어 있던 공간으로 한 무리의 사람들이 지나갔다. 나는 우리도 저 길로 지나가면 안 되겠냐고 떼를 썼다. 어머니가 말했다.

— 저 길은 돈을 더 낸 사람들만 쓸 수 있는 길이야.

어머니의 손에 들린 휴대전화에는 내가 생전 처음 보는 액

수가 쓰인 매지컬 패스가 띄워져 있었다.

— 우린 가난한 거예요?

나는 물었고, 짜증 섞인 눈초리들이 내게 향했다. 아버지는 몸을 돌려 그런 시선들을 막았다. 어머니는 내 머리를 쓰다듬었다.

— 그게 아니야. 빨리 가는 사람들이 이상한 거지. 이 멋진 곳을 구경할 기회를 놓쳤잖니.

어머니는 좋은 사람이었다. 하지만 이미 매지컬 패스 뒤에 숨은 치사하고 작은 악마를 본 아이는 악마에게 동심을 빼앗겨버리기 마련이다. 그날 나는 놀이동산의 운영 마감 시간을 알리는 불꽃놀이를 보며 그런 생각을 했다. 저 불꽃놀이가 끝나고도 누군가는 계속 이곳에 남아 있을 것이고 그를 위해 회전목마는 돌아갈 것이라고. 캄캄한 밤에 문득 기계가 돌아가는 소리나 비명이 들릴 때마다 나는 그 생각을 다시 떠올렸다. 버디를 달기 전의 기억은 모호하고 왜곡된 채, 수많은 임시 파일로 버디 안에 저장되어 있다.

굉장히 오랫동안 잠들어 있었던 것처럼 몸이 무거웠다. 목에서 쌉쌀한 알코올 냄새가 올라왔다. 어제 얼마나 마셨는지도 제대로 기억나지 않았다. 한동안 쓰지 않고 처박아뒀던 그라인더를 꺼내 커피를 내려 마셨다. 위, 간, 췌장에 모두 부담을 주는 행위였다. 그러나 모드는 아무 말도 하지 않았다. 마치 머리 어디 한 부분이 마비된 것처럼 멍했다.

나는 소파에 앉아 눈을 감았다. 사무실이 나타났다. 모드는 문을 두드리지 않았다. 대신 책상 위에 놓인 모니터가 자꾸 깜빡였다. 긴급한 알람이 도착했다는 신호였다. 나는 책상을 정리하고, 창을 열어 환기했다. 따뜻한 바람이 불고 있었다. 이곳은 언제나 봄이었다.

— 모드!

내가 불렀다. 모드는 들어오지 않았다. 모니터만 계속 깜빡였다. 이런 적은 한 번도 없었는데, 정말로 머리 어딘가가 고장 나버린 걸까. 어쩌면 모니터가 표시하고 있는 알람도 그와 관련된 내용인지도 몰랐다. 버디 시스템의 긴급 업데이트로 27분 동안 모드를 사용할 수 없다는 식의 안내 문구.

나는 컴퓨터를 켜고 긴급 알람을 확인했다.

[재검진 결과]
유온 님의 심장 임플란트 정기 구독료가 누진 3단계로 증액됩니다.

나는 눈앞에 떠오른 문구를 멍하니 쳐다보았다. 문구는 마치 불꽃놀이처럼 형형색색으로 반짝여서 도무지 무시할 방법이 없었다. 도망칠 수 없는 현실이라는 말은 퍽 적절하지는 않지만 가장 먼저 떠오르는 말이다. 물론 이런 날이 언젠가 올 거라는 사실은 알고 있었다. 실은 그때가 오면 담담하게 받아들일 거라고 믿었다. 하지만 내가 틀렸다. 마치 우리어머니처럼 틀렸다. 살아서 특별히 할 일이 있는 게 아닌데도 죽는 건 무서웠다.

문구가 어딜 감히 자기를 눈앞에 두고 멍을 때리냐는 듯 팡팡 반짝였다. 나는 서른 번째로 문구를 다시 읽었다. 아주 단순한 문장인데, 받아들여지지 않았다. 나는 문구 아래에 쓰인 '상세' 버튼을 눌렀다.

심장 임플란트 구독 기간 종료까지 1개월. 연장하시겠습니까?

나는 '예'를 눌렀다. 화면이 전환되면서 이번에는 다음 문구가 표시되었다.

심장 임플란트 1년 플랜(최고 인기): 105억 원(17% 할인)
심장 임플란트 1개월 플랜: 10억 5000만 원

어릴 때였으면 100년 넘게 살았으면 삶에 별 미련이 없지 않겠냐고 말했을 것이다. 그러나 삶은 살아도 살아도 아쉬움뿐이다. 구체적으로 뭐가 아쉬운지도 모르는 채 그저 아쉬웠고, 억울하기도 했다. 누군가는 삶의 놀이공원에서 영원토록 놀고 있을 텐데 말이다.

죽으면 뭐가 있는지 누가 알려주기만 했더라도 이런 기분은 아니었을지도 모른다. 돈만 있으면 거의 영생을 살 수도 있는 시대가 되어도 사후 세계에 관해서는 아직도 거의 아무것도 모른다는 게 새삼 부당하게 느껴졌다. 버디를 활용해 죽은 후에 일어나는 일을 규명해보려는 시도가 여럿 있었다고 들었다. 그러나 사람이 죽기 전에 발생하는 아주 잠깐의 신호 증폭에 대해서 현대 과학은 아직 아무것도 알아내지 못했다. 그 신호는 너무 밀도가 높아서 인간이 아는 어떤 논리 체계로도 제대로 해석할 수 없다고 했다. 그건 마치 우리가 빅뱅 직전과 직후를 알지 못하는 것과 비슷했다.

인류는 빅뱅 이후 $1t_p$°부터의 우주의 역사는 알지만, 그 이전에 무슨 일이 있었는지는 아직도 잘 모른다. 다만 모든 힘이 통합된 통일장이론이 작동하는 상태와 같을 거라고 추측할 뿐이다. 과학자들은 우리 뇌에서도 같은 일어난다고 했다. 우주론에서는 우주가 아주 오랜 시간이 지나면 처음 생겨났을 때처럼 아무것도 없는 상태로 되돌아가리라 추측한다. 그러니까, 빅뱅이 일어나고 우주가 한창 커졌다가 다시 줄

○   플랑크 시간의 단위.

어들어서 하나의 작은 점이 되기를 반복한다는 것이다. 어쩌면 죽은 후의 뇌도 빅뱅과 같아서 끝이 새로운 시작이 되고 그 뒤로는 사후 세계라는 새로운 우주가 생겨나는지도 모른다. 모두가 자기만의 작은 우주를 남기고 죽는 거다. 죽은 사람만큼의 새로운 우주가 생겨나는 거다. 그리고 거기에서 다시 태양계가 생겨나고, 생물이 진화와 멸종을 거듭하고, 인간이 나타나고 번성해서 자본주의를 창조하고, 내가 태어나고, 이령을 만나고, 산을 낳고, 다시 산이 죽고, 이령이 떠나고, 내가 죽는지도 모른다. 138억 년은 모든 과거를 잊고 같은 실수를 반복하고 반복하고 또 반복한다고 해도 이상하지 않을 만큼 긴 시간이다. 고작 100년씩 살았던 기억을 모아 138억 년을 채우기 위해서는 정말 많은 기억이 필요할 것이다.

내게는 100억은커녕 10억도 없었다. 이대로라면 내 목숨은 딱 한 달 후, 가을이 시작되는 날에 끊길 것이다. 나는 급전을 마련할 방법을 생각해보았다. 나는 여태 만난 수애들의 수만큼 많은 방법을 알았다.

내 재산 중 가장 가치가 큰 건 집이다. 하지만 집을 내놓는다고 해도 한 달 내로 팔릴 확률은 거의 없다. 집을 담보로 돈을 빌릴 수도 없다. 고령자가 집을 담보로 돈을 빌리기 위해서는 장기 구독 기간을 인증해야 한다. 한 달밖에 안 남은 심장으로는 상속세에도 못 미치는 돈밖에 받지 못한다. 어차피 집주인이 죽으면 집은 은행에 넘어가 공으로 경매에 부쳐질 것이니 비싸게 사줄 이유가 없다는 간단한 논리다.

값비싼 물건들을 '캐롯'으로 처분하는 방법도 있다. 성부의 이런저런 친환경 규제로 인해 중고 시장은 이제 신제품 시장과 나란히 논의될 정도로 커져서 파는 쪽도 사는 쪽도 훨씬 이용하기 편하게 바뀌었다. 친환경 규제에 따라 세금을 직격으로 맞은 디스플레이가 달린 전자기기나 자동차 같은 것들이 특히 잘 팔린다. 집 안에는 팔 만한 물건이 꽤 많았다. 추억도 얼마든지 있다. 적절한 사연만 있으면 중고품은 오히려 새 제품보다도 비싸게 팔리기도 한다. 현실성이 높은 방안이었지만 이것만으로는 돈을 마련할 수는 없다. 애초에 내 집을 채우고 있는 물건들의 원가를 다 합쳐도 3억도 안 될 것이다. 나는 그렇게 물욕이 많은 사람이 아니었고, 모든 수애들이 물건을 남기고 죽는 것도 아니었다.

수애 중에는 사람들에게 손을 벌리는 이들도 많았다. 대개는 실패했지만, 간혹 성공하는 사람도 있었다. 그들의 공통적인 넋두리에 따르면 성공과 실패는 시도해보기 전에는 절대로 가늠할 수 없다고 했다. 단둘이 만날 수 있는 정도만 되면 누구든 가능성이 있다고 했다. 나는 몇 사람의 이름을 떠올렸다. 가능성은 작아 보였지만 내가 다른 방법으로 목숨을 건질 가능성보다 낮지는 않을 것 같기도 했다.

　아이를 만드는 사람도 있었지만, 그 경우는 미리 누진 3단계를 대비하는 경우에만 가능했다. 대부분 정기검진 점수가 우하향하다가 누진 단계가 변하므로 대략적인 시점을 예상할 수 있기 때문이다. 나처럼 등급이 갑자기 변하는 일은 거의 없다. 늘 그렇듯 의사들은 이런 일의 원인을 스트레스 탓으로 돌리기만 할 뿐 정확한 이유를 찾을 생각은 없어 보였다. 억울했다. 한 달 만에 아이를 낳을 방법은 없었다. 언젠가 듣기로는 과학적으로는 가능하지만, 악용 소지가 많다는 비판에 프로젝트 자체가 폐기되었다고 했다. 한 달 만에 연구가 재개되거나 법이 바뀔 가능성은 없었다.

　어떤 수애는 망명 신청을 해보기도 했다. 국제연합에서는 한국의 장기 구독 누진 제도에는 인권침해적 요소가 있다는 평을 남겼다. 그 평가는 망명 신청서의 '이유'란에 적혔고, 나중에 아무도 읽지 않는 어느 학술지에 활용되었다고 했다.

　어떤 수애는 장기를 하나씩 팔아치웠다. 당연히 불법이었는데, 그건 둘째 치고서라도 진짜 장기의 가격은 놀랍도록 쌌다. 수애는 악에 받쳐 하나씩 팔아치우다가 분장 없이 귀신의 집에 취직할 수 있을 것 같은 몰골이 되었다.

　어떤 수애는 등급 변동에 대한 이의신청과 헌법소원을 동시에 진행했다. 그러나 그에게 주어진 시간은 어떤 잘못을 증명할 시간보다 짧았다. 사실 그건 이의신청자가 맞이하는 보편적인 최후였다.

어떤 수애는 은행 강도를 준비했다. 은행은 언제나 지급준비율에 해당하는 현금을 금고에 보관해두어야 한다는 법이 있다. 그러나 그들은 자기들이 보관하는 현금의 일련번호를 모두 저장해두는 걸 절대 잊지 않는다.

어떤 수애는 자신의 의식을 온라인에 업로드하기 위해 한 대학병원에서 한다는 마인드 업로딩 연구에 지원해 선발되었다. 나는 그가 죽은 뒤에도 한동안 그의 이름을 인터넷에 검색해보곤 했는데, 검색 결과는 늘 똑같았다.

지금 세계에는 그들의 수와 정확히 같은 수의 새로운 우주가 생겼을 것이다. 죽음과 세금, 그리고 빅뱅은 피할 수 없다.

14

8월 1일

성아는 전화를 받지 않았다.

집을 매물로 내놓았다. 플랫폼 상단에 집을 노출하고, 즉시 입주 가능하다는 표식을 붙이려면 500만 원의 광고비를 내야 했다. 치사함은 자본주의의 제1원칙이다.

차는 캐롯에 올리자마자 바로 팔렸다. 1억 2000만 원을 벌었다. 나는 서하와 차에서 보낸 시간들에 관해 이야기를 풀어놓았고, 원래 1억을 불렀던 구매자는 2000만 원을 올려 불렀다.

8월 2일

성아는 전화를 받지 않았다.

내가 가진 책 중 절판 도서를 모으니 총 200권이었다. 나는 책들을 시장가보다 만 원씩 싸게 내놓았다. 하는 김에 값 나갈 것 같은 다른 물건들도 싹싹 긁어모아 올렸다. 꼬박 하루가 걸렸다.

8월 3일

성아는 전화를 받지 않았다.

내가 자꾸 뭘 팔아서 그런지 모드가 합법과 불법 사이에 있을 법한 광고들을 자꾸 들고 와 보고했다. 대부분 장기 밀매나, 원양 어선에 타면 장기 구독이 만료되어도 죽지 않는다는 등 사기 광고였으나 한 가지 눈길을 끄는 광고가 있었다. 기억과 꿈을 매입한다는 광고였다.

'굿 달러'라는 상호를 단 그 가게는 장사가 잘되는지 5층짜리 건물 하나를 통째로 쓰고 있었다. 다정함 100퍼센트, 무해함 100퍼센트인 표정만 짓는 감정 과잉된 직원이 내게 기억과 꿈의 매입 방식을 찬찬히 설명했다. 버디 무결성 검사를 할 때 쓰는 것과 비슷한 헤드기어로 기억을 뽑아낸다고 했다. 기억을 팔고 나면 뇌에서 그 기억에 관련된 부분이 영구적으로 손상되어 다시는 기억해낼 수 없다고 했다. 꿈도 무의식 영역에 같은 방식으로 저장되어 있어서 똑같다고 했다. 나는 누가 기억을 사냐고 물었다. 직원은 희귀한 꿈과 기억은 부자들의 인기 있는 수집품 중 하나이며, 대학이나 병원에서도 꾸준히 사 간다고 했다.

— 한 달에 5억 넘게 버는 분도 계세요.

직원이 속삭였다.

— 이건 비밀인데, 선생님처럼 관록 있는 분들의 기억이 특히 비싸게 팔린답니다.

나는 잠깐 고민했다. 솔직히 뇌에 있는 기억 중 대부분은 쓸모없는 기억이고, 죽게 생긴 마당에 인격은 기억의 총합이라느니 기억을 팔았다가 지능이 낮아지고 운동 기능이 떨어질 수 있다느니 하는 모드의 경고는 그다지 위협적으로 들리지 않았다.

— 검사에는 돈이 들지 않으니 우선 검사부터 받아보시겠어요?

직원이 말했고, 나는 자연스럽게 그녀를 따라갈 수도 있었을 것이다. 환자복을 입은 아내의 모습을 잊을 수 있었다면 말이다.

— 기억의 가치를 측정하려면 기억을 읽어야 하는데, 그 과

정에서 기억 복제본을 가지게 되는 것 아닌가요?

내가 물었다. 직원은 조금 당황한 것 같았지만 여전히 다정함 100퍼센트, 무해함 100퍼센트는 흔들리지 않았다. 직원이 말했다.

— 그런 비도덕적인 일은 하지 않습니다. 그리고 기억은 유일하지 않으면 가치가 없기 때문에 손님이 기억을 가지고 있는 동안에는 저희가 사본을 가지고 있더라도 팔 방법이 없습니다.

— 그걸 어떻게 입증하죠? 저 몰래 팔아도 제가 알 방법은 없지 않나요?

— 저희 회사는 블록체인 기술로 기억의 유일성을 입증합니다. 모든 기억은 다른 사람의 기억과 연결되어 있어서 충분히 많은 기억을 가지고 있으면 다른 사람들의 기억과 교차검사를 통해 해당 기억이 진품인지 가품인지 알 수 있습니다. 기억을 취급하는 업체들이 모두 해당 블록체인에 속해 있기 때문에 저희가 만약 복제품을 팔았다가 나중에 선생님께서 다른 업체에서 기억을 판매하게 되면 저희 측에서 책임을 져야 하는 구조입니다.

생각보다 설득력 있는 논리였지만 한 가지 허점이 있었다.

— 그런데 기억이 지워지면 절대 기억해낼 수 없다고 하셨는데, 이곳에 기억을 팔러 왔다는 사실까지 지워버리면 저는

돈을 어떻게 받죠?

— 그런 일은 절대로 없습니다. 만약 저희가 그런 식으로 운영되는 업체였다면 이렇게 번성할 수 없었겠죠.

직원이 말했다. 여전히 다정함 100퍼센트, 무해함 100퍼센트의 수치는 유지되고 있었다. 그러나 다른 수치들은 혼란스럽게 요동치고 있었다. 무엇이라고 명명해야 할지 모를 감정들이 계속 생겼다가 사라지기를 반복했다. 안타깝게도 저런 식의 순환논증은 가애가 궁지에 몰렸을 때 주로 쓰는 방식으로 장담컨대 99.9퍼센트 확률로 거짓말이다.

나는 기억을 팔지 않고 건물에서 빠져나왔다. 그리고 건물 주변을 한 바퀴 돌아보았다. 건물은 옆 건물들과 딱 붙어 있어서 한 블록을 돌아가야 했다. 길이 굉장히 불편했고, 빙빙 돌았다. 한참을 돌아가니 종이봉투를 든 사람들이 어기적어기적 배회하고 있었다. 나는 그들 중 하나에게 다가가 물었다. 걸음걸이가 성치 않은 백발의 남자였다.

— 좀 도와드릴까요?

나는 두 팔을 벌려 부축해주겠다는 의사를 표했다. 백발의 남자는 뭔가를 떠올리려는 듯 아득한 눈으로 내 얼굴을 바라보았다. 마치 꿈속에서 본 얼굴을 떠올리려고 하는 것처럼 답답해 보였다. 그가 종이봉투를 들어 보이며 말했다.

— 아뇨. 저는 괜찮습니다. 사고를 당했는데 마음씨 좋은

분들이 간호도 해주시고 돈도 조금 주셨습니다. 머리를 좀 다쳐서 아직 기억이 약간 혼란스러울 뿐입니다.

— 혹시 봉투 안을 봐도 될까요?

— 마음대로 하십쇼. 그리고 기왕이면 이 골목에서 나가는 길도 가르쳐주시면 좋겠소. 이쪽으로 쭉 가면 된다는데 길이 끝날 기미가 안 보여서.

나는 남자에게서 종이봉투를 받아 안을 살펴보았다. 거기에는 정체불명의 알약과 '레드 필 티룸'이라고 적힌 티백 몇 개, 샌드위치와 캔 커피, 그리고 다정함 100퍼센트와 무해함 100퍼센트의 문체로 쓰인 쾌유를 기원하는 편지가 들어 있었다.

— 아, 정말 친절한 사람들이었지. 언젠가 은혜를 갚으러 다시 올 겁니다. 일단 여기를 벗어나기만 하면…….

나는 노인에게 내가 온 길을 가리키며 중간에 다른 길로 빠지지 않고 쭉 가면 큰길이 나온다고 가르쳐주었다. 그리고 노인을 지나쳐 더 걸었다. 머지않아 레드 필 티룸을 발견할 수 있었다. 레드 필 티룸은 5층이었고, 굿 달러와 지도상 정확히 같은 곳에 있었다.

직원들 역시 이곳을 나서는 사람들과 다름없이 기억을 조작당한 건지도 모른다. 다정함과 무해함 이외의 모든 감정을 지워버리면 저런 인간이 되는지도. 무해하고 다정한 직원들은 사장에게 반항하거나 노조를 만들지도 않을 테니 사장으로서는 이렇게 편할 수가 없을 것이다. 그들이 불쌍하다는 생각이 들었고, 가능하면 돕고 싶기도 했다. 하지만 지금 세상에서 가장 불쌍한 사람은 수명이 27일밖에 남지 않은 나였고, 내게는 이들을 도울 시간이 없었다. 굿 달러가 여태 법의 철퇴를 맞지 않은 건 어쩌면 나 같은 사람들만 찾아오기 때문인지도 몰랐다.

8월 4일

성아는 전화를 받지 않았다.

나는 내 수명이 26일밖에 남지 않았고, 마지막으로 한 번만 보고 싶다는 내용의 문자를 보냈다.

성아가 가애라면, 이 문자는 그녀의 구미에 당기는, 어쩌면 그녀가 기다려왔을지도 모르는 바로 그 말일 것이다. 하지만 이 말을 보고 성아가 내게 연락을 해온다면 그건 좋은 일일까. 나는 생각하지 않기로 했다.

캐롯에 올려둔 물건값을 내렸다. 책은 그렇다 쳐도 전자 제품들은 좀 팔릴 줄 알았는데, 꾸준히 가격과 설명을 바꿔가면서 관리하지 않으면 게시글 순위가 밀려서 잘 팔리지 않는다는 팁을 발견했다.

8월 5일

성아는 전화를 받지 않았다.

매켄지는 나를 맞아주기는 했지만, 테이블에 술은 없었다. 나는 평소처럼 스탠드 테이블을 두드렸다. 매켄지는 그제야 닦던 잔을 내려놓고 나를 보았다.

— 요즘 통 방문이 없으시던데 무슨 일 있으신가요, 손님?

— 도움이 필요해서 왔어.

매켄지가 손을 뻗어 가게 한구석을 가리켰다.

— 화장실은 저쪽입니다, 손님.

— 농담하지 말라고. 당신에게도 도움이 될 만한 얘기를 하러 왔으니까.

매켄지는 뻗었던 손을 거둬들이고 다시 잔을 닦기 시작했다. 계획은 초장부터 틀어졌다. 그는 이미 내가 어떤 처지인지 알아차린 게 분명했다. 그의 입장에서 보면 나는 벌써 한 달 가까이 일을 쉬고 있는 사람이었다. 그것뿐이라면 다양한 가능성이 있겠지만, 내가 그를 찾아와 도움이 필요하다고 말한 순간 그 가능성이 모두 죽어버린 것이다. 오프닝 트랩을 해보겠답시고 퀸과 비숍을 몽땅 잃어버린 것만큼이나 치명적인 실수였다. 초읽기는 언제나 전략의 가혹한 적이었다.

— 이봐.

— 미안하지만 멍청이는 손님만으로도 충분하다네.

매켄지는 계속 잔을 닦으면서 말했다.

— 나와 함께 일한 사람 중에 죽은 사람이 몇 명일 것 같나? 그리고 그들 중 몇 명이 내게 돈을 빌리러 찾아왔을 것 같나? 자네와 똑같은 핑계를 대면서 말이지.

매켄지는 잔을 높이 들고 휙휙 돌리면서 살피고는 내 앞에 내려놓았다.

— 한 잔 얻어먹고 가게. 그래도 자네 지금까지는 잘해왔으니 말일세.

저 말이 여지를 주는 말이 아니라는 건 나도 안다. 하지만 절박한 사람은 총체적으로 절박하기 마련이다. 한마디 말, 한 번의 손짓마저 하늘이 준 기회처럼 보였다.

— 그러니까 하는 말이야. 나를 살려두면 쓸모가 있을 거라고.

내가 말했다. 하지만 매켄지는 조용히 잔을 건넬 뿐이었다. 잔에는 투명하고 차가운 물이 고여 있었다.

— 술 깰 시간일세.

매켄지가 말했다.

8월 6일

성아에게서는 여전히 연락이 없었다.

이선은 전화를 받더니 누진 4단계의 여사님의 마음을 얻는 데 실패해버렸다고 잔뜩 불평만 늘어놓고는 끊어버렸다. 매켄지가 내 얘기를 이미 퍼뜨린 건지 그는 내게 말을 할 기회도 주지 않았다.

책이 두 권 팔렸다. 30만 원을 벌었다. 구매자는 내 사연에는 별 관심을 보이지 않았다. 그가 사간 책은 《바르도의 링컨》과 《달은 무자비한 밤의 여왕》이었다.

모드가 들고 오는 광고의 수만 점점 늘어났다. 쓸데없는 건 받지 말고 거르라고 말해도 소용없었다. 나는 무의식적으로 그것들을 모두, 절실하게 원했다.

8월 7일

성아는 연락을 받지 않았다. 오히려 주아에게서 연락이 왔다. 정말로 그녀들은 모든 걸 공유하는 사이인 것 같았다. 하지만 성아의 행방을 모르는 건 주아도 마찬가지였다.

— 나이 여든이나 먹고 가출하는 게 말이나 되는지 모르겠네.

주아는 성아 걱정을 했다. 리셋은 한 달에 한 번인데 그때가 얼마 남지 않았다고 했다.

— 혹시 당신 집에 있는 건 아니지?

— 응.

— 그날 무슨 일 있었던 건 아니지?

— 응.

주아는 혹시 성아에게서 연락이 오거든 꼭 알려달라고 몇 번이나 당부하고 전화를 끊었다.

8월 8일

오늘은 성아에게 연락하지 않았다.

나는 기억 속 버스를 타고 서울 근교로 나갔다. 기억하는 것보다 길은 황량했고, 그나마 잘 닦여 있던 도로에서도 잡초가 자라고 있었다. 한동안 오르막을 오르니 철책이 나타났다. '사유지: 함부로 통과하지 마시오'라는 팻말은 그대로였지만 도어록과 종은 사라지고 없었다. 나는 철책 주변으로 걸어보았다. 길을 벗어나야 했다. 30분 정도 걸으니 철책이 무너진 곳이 있었다. 나는 거기로 들어갔다. 길로 다시 돌아가 5분을 걸었다. 첫 번째 건물이 보였다. 5분 더 걸으니 두 번째 건물이 있었다. 불은 모두 꺼져 있었고, 문도 잠겨 있었다. 문에 귀를 대보아도 아무 소리도 들리지 않았다.

8월 9일

복권을 샀다. 집 근처에 편의점이 여섯 군데 있어서 딱 서른 개 샀다.

주아에게서 전화가 걸려왔다. 그녀는 성아가 나를 잊었을 지도 모른다고 말했다.

8월 10일

성아는 연락을 받지 않았다.

집 안 물건들에 붙은 사연이 점점 길어졌다. 글자 수를 세어보니 책 한 권이 나오고도 남을 분량이었다.

8월 11일

성아에게서 전화가 왔다.

— 누구세요?

성아가 말했다.

15

　메시지에는 지하철역 이름과 약속 시각만 덩그러니 쓰여 있었다. 얌전히 따라오라고, 성아는 여전한 태도로 말하는 것만 같았다. 나는 답장을 몇 차례 썼다가 지웠다. 내가 먼저 연락을 하기는 했지만 나도 내가 뭘 기대하고 연락한 건지 혼란스러웠다. 현실적인 해결책? 돈? 아니 확실히 그런 것들 때문은 아니었다. 나는 소파에 누워 팔리지 않는 책들로 가득 찬 책장을 바라보았다. 지금껏 열심히 읽어왔던 것들이 내 인생과 전혀 상관없는 이야기들처럼 느껴졌다. 죽음 이후를 다루는 책은 내 책장에 하나도 없었다. 이 순간 내게 확실한 건 내가 이 우주에서 쫓겨날 예정이라는 것, 그것 하나뿐이었는데도 말이다.

　생각이 어느 별 하나에 정착하지 못하고 혜성처럼 떠돌았다. 시간이 생각을 불태워 길고 부질없는 흔적을 남겼다. 내가 여행지나 식당의 주소를 보냈을 때, 수애들은 무슨 마음이었을까. 나는 그들이 보이는 반응에는 기민하게 주의를 기울였지만, 그들이 정말로 무슨 생각을 하는지는 한 번도 궁금해해본 적이 없었다. 내 목표는 그들에게 가장 사랑받는 사람이 되는 것이었지 그들의 인생을 해결해주는 것이 아니었다. 하지만 내가 정말로 사랑을 받은 적이 있기나 한 걸까. 그 모든 순간, 나는 내가 아니었는데. 어쩌면 그들은 다 알면서도 마지막까지 즐거움에 빠져 있고 싶었던 건지도 모른다. 별자리를 보면서 이야기를 지어내던 옛 이야기꾼과 그의 청중처럼. 언어는 때론 최고의 마취제다.

나는 유치하게도 성아에게는 아직 여유 있는 사람으로 보이고 싶었다. 나는 이렇게 답장했다.

— 오늘이 장기 털리는 날인가?

성아가 답했다.

— 우리가 그런 사이였던가요?

병원에서 마주친 테러리스트들의 얼굴이 떠올랐다. 망고가 아니라 코코넛 냄새를 풍기던 문준. 그러고 보니 망고가 썩으면 코코넛과 비슷한 냄새가 난다는 이야기를 어디선가 들어본 적이 있다. 나는 이런 생각을 해봤다. 이 모든 게 성아의 음모일 가능성이 있을까? 가령 병원에서 테러를 경험하면 무조건 누진 3단계로 올린다는 비밀 원칙 같은 게 있을까? 성아는 병원에서 일했으니 갑자기 누진 3단계로 진단되는 징후 같은 걸 알고 있었을까? 나를 노리고, 나를 과녁으로, 재산이 아니라 다만 이런 방식이 가능한지에 대한 궁금증으로, 이런 일을 벌인 건 아닐까?

― 당신은 그런 거대한 음모의 과녁이 될 정도로 중요한 사람은 아닙니다만.

모드가 말했다. 나도 안다. 매지컬 패스를 쓰는 사람들은 돈으로 시간을 사는 것뿐이지 줄을 서서 기다리는 다른 사람들을 비웃으려는 것이 아니다. 누군가 자정의 놀이공원에서 회전목마를 타고 있다고 해도, 그건 그 사람이 특별 대우를 받은 것이지 나를 차별하려는 것이 아니다. 하지만 이렇게라도 생각하지 않으면 어디서 내 죽음의 이유를 찾을 수 있을까?

문득 복권을 빼지 않고 코트를 클리너에 넣었다는 사실이 떠올랐다. 나는 최소한의 옷만 갖춰 입고 현관을 열었다. 다행히 수거 가방은 아직 문 앞에 서 있었다. 나는 비밀번호를 맞춰 가방을 열고 알코올과 담배 냄새가 밴 코트 주머니에서 복권을 꺼냈다. 총 서른 장이었다. 나는 언제나 사람들이 행운에 관련된 일에 정성을 쏟는 게 이상하다고 생각해왔다. 그러나 막상 행운이 필요한 상황이 되니 나도 똑같이 굴고 있었다. 모드에게 스캔해서 검색해달라고 하면 될 걸 나는 일일이 컴퓨터에 복권 당첨 번호를 입력해 당첨 여부를 확인했다. 서른 장의 복권으로 나는 2,000원을 벌었다. 기댓값에 충실히 부응하는 평범한 확률이었다. 나는 당첨금을 받지 않았다.

주말 지하철에는 사람이 많았다. 지하철을 타고 있는 사람들은 대체로 젊어 보였다. 젊은 외모를 유지하려면 돈이 많이 드는데 그 정도 재산을 가진 이들이 지하철을 탈 리가 없으니 그들은 아마 진짜 젊은 사람들일 터이다. 내가 학생이던 시절까지만 해도 저출산으로 나라가 망한다느니 어쩐다느니 했는데, 그러고 보니 그런 이야기를 못 들어본 지도 꽤 됐다. 어쩌면 내가 보육원에서 돕는 아이들이 그런 노인들이 남기고 간 아이들일지도 몰랐다. 아무리 누진세 감면이 있다고 해도 아이가 성인이 될 때까지의 시간이 주어지지는 않았을 것이다. 세상은 빅뱅처럼 매번 새로 시작하는 게 아니라 순환선처럼 빙글빙글 도는 곳일지도 모른다. 그런 세상이라면 언젠가 지하철에서 산을 마주칠 수도 있을 것이다. 만에 하나라도 살아남을 수 있다면.

— 꽃 사세요.

북적이는 사람들 사이로 허리가 굽은 노인 하나가 나타났다. 그는 꽃이 잔뜩 담긴 바구니를 들고 냉정하게 돌아선 허

리들 사이를 노련하게 거닐었다. 지하철이 맵고 달콤한 냄새
로 차올랐다.

— 달꽃입니다. 달꽃. 사랑을 전하세요.

몇 사람쯤 관심을 보였다. 모두 혼자 있는 남자였고, 나름
대로 매무새에 신경을 쓴 티가 났다. 데이트에 나가는 남자들
인 것 같았다. 그들은 노인 덕분에 연인에게 혹은 아직 연인
이 아닌 이에게 더 사랑받을 수 있을 것이다. 그들의 표정에
서 어떤 따스함과 행복감을 보자 나는 불현듯 내가 꽃을 살
생각은 전혀 하지 않고 있었다는 걸 깨달았다. 내가 만약 수
애에게 가고 있는 가애였다면 나는 반드시 저 꽃을 샀을 것
이다. 꼭 그런 구도가 아니더라도 일단 사랑을 받아서 손
해 볼 것은 없으니 저 꽃을 사자는 생각은 자연스럽게 들었
어야 했다. 내 모든 열정은 마치 블랙홀처럼 뚫린 가을의 구
멍에 모두 빨려 들어가버린 것 같았다.

지금껏 내가 만난 사람들은 죽기 전에 어떻게 그렇게 열정
을 불태웠던 걸까. 막상 죽음에 바짝 다가서니 그 무엇에서
도 의미를 찾거나 즐거움을 느끼기 어려웠다. 그렇게 많은 시
체를 봤는데도 나는 아직도 죽음에 익숙해지지 못했다. 보아
온 시체의 숫자가 다르다고 생각했다. 하지만 죽음 앞에서 인
간은 평생 아마추어다. 우리가 여전히 4,000년 전에 지어진
피라미드에 감탄하듯이.

─ 얼마나 가는 꽃이에요?

누군가 묻는 소리가 들렸다. 노인이 대답했다.

─ 향기는 내일까지, 잎은 사흘 정도 갑니다.

─ 아, 그렇군요.

─ 감사합니다.

그는 꽃을 사지 않은 모양이었다. 노인은 몇 번 더 감사하다고 말했다. 꽃이 더 팔린 것인지 꽃을 집어 든 사람들이 꽃을 내려놓은 것인지 구별할 수 없었다. 빨리 지는 꽃이 인기가 더 있을지 없을지 궁금했다. 꽃이 더 오래갔으면 더 많이 팔렸을까.

─ 꽃 사세요.

노인이 이번에는 가까이서 외쳤다. 아니, 그는 이미 내 앞에 있었다. 자기를 보는 시선을 깨닫고 온 것이다. 그는 내게 꽃을 들이밀지는 않았다. 선택은 어디까지나 내 몫이었다.

─ 여기요.

손을 들었다. 노인이 다가와 손을 내밀었다. 나는 무심코 손을 잡으려다가 노인에게 정강이를 차였다.

─ 2만 원.

노인이 손짓했다. 하필 복권을 사느라 현금을 다 써버린 탓에 노인에게 계좌 이체도 가능하냐고 물었다. 노인이 말했다.

─ 2만 1,000원.

252

나는 순순히 입금하고 꽃을 받았다. 계좌 이체는 받는 사람에게 수수료를 떼지 않는다고 설명할 시간이 없었다. 나는 곧 내려야 했다. 꽃을 얼굴 가까이 들어 올리자 코가 시릴 정도로 매운 향이 났다. 달콤한 냄새는 멀리서만 맡을 수 있었다.

스크린도어가 열렸고 나는 내렸다. 에스컬레이터를 향해 걷고 있는데, 뒤에서 부산스러운 소음이 들렸다. 뒤돌아보니 노인이 역무원들에게 팔이 잡힌 채 끌려 나오고 있었다. 누군가 신고한 모양이었다. 노인은 "꽃이란 말이다, 꽃! 아름다운 꽃!" 하고 계속 소리쳤지만, 아무도 도와주지 않았다.

성아는 역 앞에서 나를 기다리고 있었다. 순간적으로 내가 늦었나 싶어 시간을 확인했는데, 나는 5분 먼저 도착한 것이었다.

— 몇 시에 왔어?

내가 물었다.

— 조금 전에요.

성아가 대답했다. 나는 등 뒤에 숨긴 오른손을 내밀었다. 향기가 퍼지기 전에 빨리 줘야 했다. 성아는 향기를 맡더니 코를 찡그렸다.

— 지하철에서 샀죠?

성아가 물었다. 나는 변명을 지어내려다 말고 그냥 인정했다. 이럴 때 사과하는 건 가애로서는 최악의 선택이지만, 유온으로서는 그럴 만한 일이다. 성아는 그래도 고맙다며 꽃을 가방에 꽂았다. 그러고는 꼭 내가 무슨 말을 해야 한다는 듯 입을 다물었다. 이상하게 나는 그 침묵이 견디기 어려웠다. 어디선가 맹렬히 회전하는 블랙홀이 모든 언어를 삼켜버리는 것만 같았다.

— 노인은 누가 신고했는지 잡혀가더군. 지하철에서 꽃을 파는 건 나름 괜찮은 일인 것 같은데 아쉽게 됐어.

나는 쓸데없는 말을 늘어놓았다. 내가 한 말이 신호라도 된 것처럼 성아가 걷기 시작했다. 나는 그녀와 보폭을 맞춰 따라 걸었다.

— 그 할아버지는 쌍둥이예요. 매번 같은 역에서 다른 열차에 타서 꽃을 팔죠.

성아가 생각났다는 듯 말했다.

— 두 번째 할아버지는 아마 잡히지 않았을 거예요.

성아는 큰길이 아니라 골목으로 나를 이끌었다. 간판이 떨어진 낮은 건물들과 가게 앞 평상에 지루하게 앉아 있는 노인들이 보였다. 나는 아무것도 묻지 않았다. 물어봐도 어차피 대답하지 않을 게 뻔했다. 그녀는 전과는 다르게 말이 없었다. 나도 그녀처럼 보이는 것들에 관해 이런저런 이야기를 해보려고 했으나, 내 언어는 자이로드롭에 타기라도 한듯 뚝뚝 끊겼다. 나는 이내 포기했다.

모퉁이를 몇 번 돌고 나니까 풍경이 조금 변했다. 망한 공장 사이에 외벽이 깨끗한 카페가 있었다. 개인이 조성한 것 같은 작은 마당이 마치 공원처럼 모두에게 열려 있는 풍경이 나타나기도 했다. 소소하고 예뻤다. 젊을 때 열심히 찾아다니던 소위 힙한 공간들, 젠트리피케이션으로 밀려난 작은 마을 같았다. 생각해보면 이런 감성을 나는 오랫동안 잊고 살았다. 누진 3단계에 속하는 사람들은 이런 곳을 좋아하지 않았다. 차가 원활히 들어올 수 없고, 음식이 괜찮더라도 최고급은 아니었으니까. 들이는 수고와 시간에 비해 서비스도 형편없고 공간도 좁다. 게다가 자칫하면 몇 시간 동안 줄을 서서 기다려야 할 위험도 있었다. 결국, 매켄지의 가게들을 자연스럽게 선택하게 되는 구조였다. 수애들은 매켄지의 가격표를 감당할 수 있는 사람들이었고, 매켄지는 그들을 실망시키지 않았으니 나는 행선지를 바꿀 이유가 없었다. 그런데 나는, 정말로 매켄지의 그것들을 원하는가? 한 번도 생각해본 적 없는 문제였다. 내가 그동안 삶의 마지막을 숱하게 연습해왔다고 생각했지만 그 일들은 나에게 아무런 도움이 안 됐다. 수애들의 죽음을 나는 오직 내 삶을 향해 갈라진 물길로 받아

들렸다. 길 양옆에 죽음이 넘실대는데, 나는 그쪽으로는 제대로 눈길도 주지 않았다. 오직 길 끝에 희미하게 보이는 화려한 불빛에만 정신이 팔려 있었다. 거기까지 걸을 수 없다는 걸 막연히 알았음에도 불구하고.

성아는 나를 작은 바로 데리고 들어갔다. 의자가 불편했고, 노출 콘크리트 공법이 아니라 그냥 낡은 건물인지 외풍이 들었다. 바 사장은 그 모든 게 다 낭만이라는 듯 한쪽 벽을 스크린 삼아 영화를 틀어놓았다. 소리도 자막도 없어서 모두 같은 화면을 보면서도 다른 영화를 보는 셈이었다. 사장이 다가오자, 성아는 맥주와 간단한 음식을 주문했다. 사장은 영화 소리도 켜놓지도 않으면서 말없이 손님을 응대하는 과묵한 사람이었다. 그래도 요리는 나쁘지 않게 잘했다.

우리가 들어왔을 때, 영화는 막 시작된 참이었다. 스크린에 걸린 영화는 금홍의 〈커피 타임〉이었다. 나는 금홍이 영화도 찍었다는 걸 오늘 처음 알았다. 영화의 내용은 다음과 같았다.

세 명의 소녀가 있다. 세 소녀는 완벽한 커피 타임을 가지는 것이 목표인 조선인이다. 그 당시 조선에는 일본을 통해 여러 서양 문물이 물밀 듯이 들어왔다. 커피, 서양식 홍차, 디저트 따위가 그렇게 조선에 유통됐다. 그것들은 상류층을 중심으로 알음알음 유행했다. 경성에는 조선 최초의 티룸이 생긴다. 문제는 티룸에 아이들, 특히 여자아이들은 사실상 출입할 수 없었다는 사실이다. 세 소녀는 어른처럼 보이기 위해 진한 화장을 해보기도 하고, 장대와 긴 치마를 가지고 키를 위장해보기도 하지만 티룸에 들어갈 수가 없다. 문지기는 소녀들을 볼 때마다 정중히 타이르기도 하고 부모를 부르겠다고 위협하기도 하면서 매번 소녀들을 좌절시킨다. 소녀들은 결국 완벽한 커피 타임은커녕 커피 타임 그 자체마저 실패하고 집으로 돌아간다. 집에서는 각자의 남편이 그들을 기다리고 있다. 세 소녀는 서양식 결혼식을 올린다. 놀랍게도 피로연은 막 개업한 그 티룸에서 한다. 셋은 남편을 대동한 채 티룸에서 만난다. 그러나 소녀들은 커피에는 아무런 관심을 보이지 않고 남편과 서로를 멀거니 쳐다볼 뿐이다.

나는 티룸에 들어가기 위한 소녀들의 노력이 좋았다. 성아는 영화의 결말이 좋다고 했다. 그녀는 결말이 인생을 담고 있는 것 같다고 했다. 내가 말했다.

— 이건 공포에 관한 영화야.

성아가 고개를 저었다.

— 이건 시간에 관한 영화예요.

내가 웃었다.

— 모든 영화는 시간에 관한 영화야.

성아가 말했다.

— 맞아요. 그러니까 이건 시간에 관한 영화예요.

그렇게 말하면서 성아는 내 눈을 빤히 바라보았다. 다음 영화가 시작되기까지 비는 잠깐의 시간 동안 바에 환한 불이 켜졌다. 나는 그녀의 눈동자에 녹색이 살짝 섞여 있다는 사실을 발견했다. 성운이 별빛을 머금었다가 내보내듯 한 시절을 지나온 눈이었다. 나는 내가 지금의 나에 관해서는 단 한 번도 이야기해본 적 없다는 사실을 깨달았다.

— 네가 가애가 아닐까 봐 무서웠어.

내가 말했다.

— 미안해.

나는 성아의 손 위에 내 손을 얹었다. 영화가 다시 시작되려 하고 있었다. 바가 어두워졌다.

성아가 말했다.

— 생각해볼게요.

'크고 빨간 버튼'은 나와 친구의 오랜 농담거리다. 만약 손목 안쪽에 크고 빨간 버튼이 있어서 그걸 누르면 고통 없이 죽을 수 있다면, 누를 것인가? 우리의 대답은 시기에 따라 달랐다.

20살: 딱히 안 누를 이유는 없지. 술 마시고 실수로 누를 듯.
22살: 누를 듯.
25살: 안 누를 거 같은데.
27살: 그래 우리가 그런 농담도 했었지.

우리가 인생을 더 사랑하게 되었거나 세상에 적응했기 때문에 대답이 바뀐 건 아니었다. 단지 우리가 인생에 품었던 모종의 감정이 서서히 사라져버린 것뿐이었다.

스무 살이 되던 해의 겨울방학, 그때 우리는 별다른 이유도 없이 매일 만나서 술을 마셨다. 술 마시는 것 말고는 아무 일정도 없었다. 숙취 때문에 방에 암막 커튼을 쳐야 할까 고민하면서도 밤만 되면 우리는 취하기 위한 새로운 방법을 찾아내는 데만 골몰했다. 그땐 대학이 사기라는 것도 몰랐고, 대학에서도 생활이라는 걸 해야 한다는 사실 역시 몰랐다. 끔찍했던 고등학교 생활이 드디어 끝났고, 뭐가 됐든 앞으로는 지금까지보다 나을 것이라는 사실만이 확실해 보였다.

우리는 거창한 포부나 미래 계획에 관해서는 한 번도 이야기한 적이 없었다. 우리는 아무것도 구체적으로 기대하지 않았고, 당시 우리에게 미래란 마치 모든 스펙트럼을 품은 태양빛처럼 밝고 모호한 단어였다. 반쯤 사라진 날짜 감각 속에서 우리는 낮잠처럼 나른한 행복만을 느꼈었다.

그런 시기에 우리는 크고 빨간 버튼을 누를 수 있을 거라고 자신했다. 오히려 그때보다 불행해졌을 게 분명한 지금은 누를 수 없을 거라고 생각하며 그 버튼을 지나간 농담으로 받아들이고 있다. 요즘 우리는 이걸 이상한 일로 여기고 술기운을 빌려 이런저런 궁리를 해보곤 하지만, 다음 날이 되면 얼추 잊는다.

우리는 아직도 스무 살이 되던 해의 겨울방학을 그리워한다. 적어도 지금 느끼기에는 죽기 전까지 그럴 것 같다.

2024년 4월
서윤빈

추천의 말

첫 장부터 엄청난 흡인력을 자랑하는 이 소설은, 장기마저 구독 시스템으로 편입된 초고령화 시대의 초상을 그린다. 얼핏 미래에 대한 이야기 같지만, 우리의 현실을 놀라울 정도로 정확하게 포착하고 있다. '사랑보다는 생존이 먼저'인 시대에서 어떻게 살아갈 것인가? 어떻게 의심 없이 사랑할 것인가? 어쩌면 의심 없이 사랑하는 것은 더 이상 가능하지 않은지도 모른다. 혹은 사랑과 의심은 한 몸이고, 그 불확실함을 껴안을 때 희미한 사랑을 만나게 되는 건 아닐까. 심장을 파고드는 이 소설을 읽고 나면 그런 결론에 도달하게 된다. 결국 《영원한 저녁의 연인들》은 존재통에 관한 환상적이고 더없이 지적인 이야기다.

_문보영(시인)

영원한 저녁의 연인들

서윤빈 장편소설

초판 1쇄 2024년 4월 8일

지은이 | 서윤빈

발행인 | 문태진
본부장 | 서금선
책임편집 | 장서원 래빗홀 최지인 이은지

기획편집팀 | 한성수 임은선 임선아 허문선 이준환 송은하 송현경 유진영 원지연
마케팅팀 | 김동준 이재성 박병국 문무현 김윤희 김은지 이지현 조용환 전지혜
디자인팀 | 김현철 손성규   저작권팀 | 정선주
경영지원팀 | 노강희 윤현성 정헌준 조샘 이지연 조희연 김기현
강연팀 | 장진항 조은빛 신유리 김수연

펴낸곳 | (주)인플루엔셜
출판신고 | 2012년 5월 18일 제300-2012-1043호
주소 | (06619) 서울특별시 서초구 서초대로 398 BnK 디지털타워 11층
전화 | 02)720-1034(기획편집) 02)720-1024(마케팅) 02)720-1042(강연섭외)
팩스 | 02)720-1043 전자우편 | books@influential.co.kr
홈페이지 | www.influential.co.kr

ⓒ 서윤빈, 2024

ISBN 979-11-6834-182-1 (03810)